青星学園★チームEYE-Sの事件ノート

～勝利の女神は忘れない～

相川 真・作
立樹まや・絵

集英社みらい文庫

もくじ

contents

KUROTO
KIYO
LEO

character

おもな登場人物

ルリちゃん

ゆずのクラスメートでクラスの女王的存在。翔太を好きらしい…!?

RURI

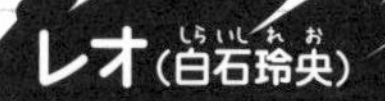

レオ（白石玲央）

背がすごく高くて、女子に大人気。現役モデルで、おしゃれなイタリアのクォーター。

孤高の天才

KIYO

黒のプリンス

KUROTO

白の貴公子

LEO

キヨ（佐次清正）

将来は東大合格確実といわれてる。クールで、だれも笑ったとこを見たことがないんだって。

クロト（泉田黒斗）

やわらかい雰囲気が、王子様みたい。12歳にして、プロの芸術家。専門は西洋画。

story

あらすじ

わたし、新中学1年生の春内ゆず。
とにかく目立たず、
フツーの中学生活を送るのが目標なんだ。

中学の入学前に
キラキラの男の子4人と出会い、
『トクベツな力』を使ったの。

でも、この力のことは
だれにも知られたくない。
小学校でいろいろあったから。

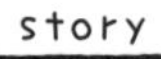

SEISEI
そしたら、
あの4人を
入学した、
青星学園で発見！
超目立ってて、
女子にも大人気!!
目立ちたくないから
彼らをさけていたの。
なのに…
4人はわたしのところに
やってきて!?
ど、どーしよう!?
続きは、小説を読んでね♪

プロローグ　わたしの『トクベツな力』

わたしはこの『トクベツな力』のことを、今までだれにも言えなかった。

初めて気づいたのは、小学校三年生のとき。

クラスで起きた小さな事件のせいで、わたしは自分が、フツーの子とちょっとちがうんだって、知ってしまった。

そのせいで、クラスのなかでのけものにされて……。

……そのあとの三年間、わたしは完全に、ひとりぼっちになった。

(この力のせいだ。こんなの、なかったらよかったのに……！)

わたしは、髪を長く伸ばして顔をかくすようにした。

みんなの視線から、かくれたかったから……。

だから、六年生のときに決めたんだ。

中学校は私立にする。
頑張って受験して、同じ小学校の子がだれもいないところに行くんだ！
（……それに、この力のことは、ぜったいに知られちゃいけない——！）
目立たず、空気を読んで、みんなに合わせて。
フツーの中学生活を楽しく、平和におくる。
……それが、今のわたしの目標なの！

1 追え！　ひったくり犯！

わたし、春内ゆず。

この四月から、中学一年生になる。

青星学園中等部っていう、ちょっとイイトコの私立を受験して、無事に合格した。

ぴかぴかの校舎や、ガラス張りの食堂。それに、講堂にはステンドグラスの窓があるんだよ。すごくステキなんだ。

それに、なんといっても制服がすっごくかわいい！

二月の終わり。

あと一月で、小学校も卒業、というころだ。そんなわたしのところに、青星学園から『制服採寸会』のお知らせが届いた。

新しい制服を作るから、身長や、腕の長さや肩幅なんかを測らせてほしい、ということみたい。

そのお知らせだって、ちょっとステキ。

手ざわりのいい白い封筒に入っていて、うっすらとバラの模様なんかが浮かんでいる。

お母さんはそれを見て、

「なんだか、気取ってるわねえ」

って言ったけど、わたしはちょっと好きだな。

この学校で勉強したり、新しい友だちを作ったりするって思うと、わくわくするよね！


『採寸会』は青星学園の体育館で行われた。

パーテーションで仕切られた小さな部屋に、お母さんとふたりで入る。

スーツを着たお姉さんが（制服屋さん、なのかな）メジャーを持って、わたしの頭からつま先までを順番に測ってくれた。

肩幅、腕の長さ、ウエスト、腰まわり……。

「背が伸びるかもしれないから、ちょっとゆったりめに作ろうね。リボンは、次の新入生は赤って決まってるのよ」

そう言って、わたしの長い髪を持ちあげて、エリもとに赤色のリボンをあててくれた。

制服の値段を見て、お母さんはすごいしかめっ面をした。

「私立の制服って高いのね。公立でもよかったのに……」

ドキっ……！

実は、わたしが小学校でハブられてたこと、お母さんには言ってない。

イジメられてたなんて知ったら、お母さん悲しむかもだし。

でもとつぜん「私立に行きたい！」なんて言ったから、怪しまれてるかも……。

「まあ、頑張れば高校も大学もエスカレーターだものね。そう考えれば悪くないわ」
セ、セーフ……っ。
「お母さんお買い物して帰るけど、ゆずはどうする？」

「わたし図書館寄って帰ろうかな」

「そ。遅くならないようにね」

大好きな図書館は、青星学園からちょっとはなれたところにある。
学校の近くにはにぎやかな商店街があって、銀行や郵便局がならんでるんだ。
わたしが、その銀行の前を通りかかったときだった。
歩いている人が、みんな「ある場所」をチラ、チラって見ていくの。
「わぁ……」
わたしも、そこを見て思わずそう言っちゃった。
銀行の横の自販機に、ジュースを飲んでいる男の子四人組がいたんだけど……。
それがもう！　すごくカッコよかったの！
四人とも、ぜんぜんタイプがちがう。
赤パーカーの、活発そうな子。
青シャツの、物静かでクールそうな子。
白ジャケットの、茶髪でちょっと大人っぽい子。
黒シャツの、王子様みたいな子。
だけど、全員がもれなく、キラキラ輝いているように見えた。

わたしはそのそばを、ちょっとドキドキしながら通りすぎた。

（——わたしも中学生になったら、カッコいい男の子とデート！　とかすることになったりして！）

それって、すごくステキだ！


「——オラ！　よこせババァ!!」

バラ色の妄想を展開していたわたしの耳に、とんでもない言葉が飛びこんできた。

銀行の入り口からでてきたおばあさんに、とつぜん男の人が走り寄ってきて、カバンをムリヤリうばいとったのだ。

（あっ、ひったくりだ！）

男は黒い帽子にマスクで、顔をしっかりかくしている。

おばあさんは、ひったくりに、ドン！　と押しのけられて、ふらふらっとよろけた。

「あぶない！」

転ぶ！　下はアスファルトの道路、大ケガしちゃう!!

思わず叫んだわたしのそばを――

ヒュッ！！！

――ひらめくように、だれかが通りすぎた！

「ばあちゃん！」

ハッと気がつくと、いつのまにか、赤パーカーの子がよろけたおばあさんを支えていた。

道路とおばあさんの間に、スライディングみたいにすべりこんだんだ！

（あれ、自販機の横で、ジュース飲んでた子だ！）

自販機からおばあさんのところまで、けっこう距離があるのに、すごく速かった……！

おばあさんを支えたまま、赤パーカーの子が叫んだ。

「ひったくりだ！　逃げたぞ！」

わたしが顔をあげたとき、ひったくり犯は商店街の人ごみに消えていくところだった。

その間に、青シャツの男の子がおばあさんに走り寄った。

「だいじょうぶか!?　ックソ、あのカバン、ばあちゃんの大事なものなのに！」

わたしはあのおばあさんが、青シャツの子のおばあさんなのかもしれないと思った。

だってあの子の顔が、つらそうでくやしそうでたまらないって感じだったから……。

「追うぞ！」

おばあさんを銀行の人にあずけて、赤パーカーの子が走りだした。

男子三人もあとに続く。

わたしもとっさに、そのあとを追いかけた。

だって、青シャツの子のあんな顔を見ちゃったんだもん……。

放っておくなんて、できない！


全力で走って人ごみをぬけて、商店街の一番はしっこにたどりついた。

そこは噴水のある、大きな広場になっている。学校帰りやこれから買い物に行くたくさんの人で、ごったがえしていた。

わたしがやっと追いついたとき、四人の男の子たちは、広場の入り口でキョロキョロとあたりを見まわしていた。

（……もしかして、見失っちゃったのかな）

クッソ、と毒づきながら、赤パーカーの子が地面を蹴りつけた。

「冗談じゃねえぞ、だれかひったくりのヤツのこと、覚えてねえか⁉」

「ジャケットを着てたかな。色は……覚えてないけど。帽子からはみだしてた髪、黒かったよね。大きいカバンも持っていたと思うけど」

と、黒シャツの子。

「いや、待てよ。髪は茶色だったし、それにカバンなんか持ってたか？」

と、白ジャケットの子。

（──みんな、混乱してる）

ほんのさっきのことなのに、だれもたしかなことを覚えてない。


──わたし以外はね。


わたしは、ここで自分の『トクベツな力』を使うかどうか、すごく迷った。

……だって、いろんなつらいことがあったから……──だけど。

やっぱり、助けたい……っ。

よしっと気合いを入れて、わたしは四人に声をかけた。

「あのっ！」

四人のキラキラした男の子が、いっせいにわたしを見た。

(うわっ、まぶしっ……)

そんな場合でもないのに、思わずまばたきをくりかえす。

わたしを見た赤パーカーの子が、不機嫌そうにまゆをひそめた。

「なに？　悪ぃけど、今は女にかまってるヒマねえの。あとにして」

うわあ、女の子に声かけられるのなんて、慣れてますって感じ……。

「そうじゃなくて、ひったくり！」

大声でそう言うと、四人はぱちくりと目をまたたかせた。

「わたし、わかるよ。覚えてるから」

「は？」

赤パーカーの子がけげんそうに言う。

「もう、とにかくついてきて！　急がないと逃げられちゃう」

わたしは必死だった。心臓はバクバクするし、変な汗はかくし。

だけど、青シャツの子のあんなつらそうな顔見ちゃったら……放っておけなくなった。

赤パーカーの子の腕をひっつかんで、強引に前に進む。

「おい！　お前マジで覚えてるのか？　あの一瞬だぞ」

ちらっと後ろをふりかえると、四人ともがついてきている。

でもその顔は半信半疑……っていうか、ほとんど信じてない感じ。

わたしはぎゅっと唇をむすんだ。

「……信じて！」

——今、わたしの『トクベツな力』を使うときだ。

わたしはこの力を『カメラアイ』って呼んでる。

一度見たものはぜったい忘れない。

まるで、カメラで写真を撮るみたいにね。

キュイイイン！！！

甲高い耳鳴りがする。

この力を使うとき、わたしはいつも、深い海のなかに背中から沈んでいくイメージなんだ。

下から上にむかって吹きあがっていくのは、たくさんの記憶の写真。

それに、じっと目を凝らす。

おばあさんが銀行の前で、ひったくりにあったその瞬間の記憶！

（これ！）

わたしは、手を伸ばして、それをつかんだ！

思いだした『記憶の写真』と、目の前の光景を、頭のなかで見くらべる。

わたしは広場のはしからはしまで見わたした。

「……いた、あの人だ……！」

広場のはしから、今にも駅へむかって歩きだそうとしている、男の人を見つけた。

金髪で、ジャケットは緑。

まちがいない！

わたしは、赤パーカーの子の手をはなして走りだした。

金髪の男の腕をガシっとつかむ。

「あのっ、あなた、さっき銀行でおばあさんのカバン、ひったくった人ですよね！」

「はァ！」

金髪男は、盛大にまゆをひそめた。

「ふざけたこと言ってンじゃねエぞ、ガキ！」

うぅ……大人の男の人がおこると、すごくこわい。

だけど、わたしはぜったい手をはなさなかった。

しらばっくれようったって、そうはいかないんだから。

「……ぎ、銀行の前じゃ黒いジャケットだったけど、エリから緑色が見えてた。リバーシブルなんですよね」

裏と表の両方使える服のことだよ。ひっくりかえすと、別の服みたいに見えるんだ。

「帽子からはみだしてた髪は金色で、大きなカバンを持ってた。それに、ほっぺたのところに小さいキズがある。ひったくりも、同じところにキズがあったよ」

わたしは、ひったくり犯をにらみつけた。

「――わたし、ぜんぶ覚えてるんだ」

ぎゅうう、と金髪男をつかんだ腕に力をこめる。

「なんだてめェ、あの一瞬でそんなの覚えてるはず、ねェ……っあ！」

あっ！　今の、ひったくりじゃないと知らないはずのことだ。

自分の失言に気づいたのか、金髪男は盛大に舌打ちした。

「はなせクソガキぃ！」

「きゃああっ！」

思いきりふりはらわれて、わたしは吹き飛ばされるみたいに後ろにたおれた。

転ぶ――！

目をぎゅっと閉じて体をかたくした瞬間。

ふわ……っと、ちょっと体が浮く感じがして、わたしはだれかの腕のなかにいた。

見上げると、黒シャツの子がわたしの体に腕をまわして、支えてくれている。

王子様みたいな、やわらかい顔立ちだった。

「だいじょうぶ？」

うわあ……声まですごく甘い……。

って、そんな場合じゃないんだってば！

「ひったくり！　逃げられちゃう！」

せっかく追いつめたのに。

でも、どうしてだかあせっているのはわたしだけだった。

みんな、なんだか余裕そう。

あわてて立ちあがろうとしたところを、黒シャツの王子様にぎゅっと抱きしめられる。

「だいじょうぶだよ」

ふわ、いいにおい……っ。

……じゃなくて！
白ジャケットの子が、ゆったりと腕をくんで、口のはしっこだけで笑った。
それだけで、雑誌の表紙を飾れるぐらい……なんて絵になるんだろう……。
「――だいじょうぶだ。この距離と条件で、翔太ならぜったい逃がさない」
黒シャツの子の横に、いつのまにか、体を低くかまえた赤パーカーの子がいた。
あの子が『翔太』くんだ。
足を大きく開いて、口をぎゅっとむすんでいる。
「っ――！」
短い息をはいて、『翔太』くんのスニーカーが、地面を蹴った。
（――速っ……！）
とんでもない足の速さだった。一瞬、消えたように見えるぐらい。
それに、見事な体のきりかえし！
人ごみを、左右に小さくステップをふんでかわし、時々体を反転させる。
だけどぜんぜんスピードが落ちないの！

あれ、サッカーの動きだよね……。

そっか……銀行の前では、おばあさんを支えてたから、走れなかったんだ。

でも今度は、ひったくり犯にまっすぐむかっていく。

ぜんぜん、勝負にならない速さだった。


わたしは、『翔太』くんの後ろ姿に見入っていた。

まるで、まっすぐ飛んで相手を貫く、赤い弾丸みたい……。

(もう、すごく、すごくカッコいい……!)

ドキン、ドキンと心臓が跳ねる。

体がぼうっと熱くなって、もう彼しか見えなかった。


「——逃がすかぁああ!!」

『翔太』くんは、ひったくり犯の背中に飛び蹴りを食らわせた。

宙をかけるような、見事な一撃!

ひったくり犯は地面に転がって、手からカバンがはなれた。

大きなカバンのなかから、別の小さなカバンが転がりでた。

「あった、ばあちゃんのだ！」

それを聞いた青シャツの子が、そっちにむかって走っていった。

見物人もどんどん増えていく。白ジャケットの子がスマートフォンを持って言った。

「警察を呼んだぞ」

黒シャツの子がていねいにわたしを立たせてくれた。ひざが、ちょっとかくかくふるえている。

「こわかったよね、だいじょうぶ？」

黒シャツの子が聞いてくれたけど、わたしはあわてて首を横にふった。

（ちがうの……っ）

『翔太』くんが、速くてすごくて、わたし興奮してる。まだ体が熱い――！

だけど……そのとき、わたしは見てしまった。

黒シャツの子のポケットに、見覚えのある封筒が……。

（……ウソっ！　あれって、青星学園の制服採寸会のお知らせじゃない⁉）

「どうしたの？」

黒シャツの子が顔をのぞきこんでくる。

本当ならドキッとするところなんだろうけど、わたしはそれどころじゃなかった。

（ヤバイ、同じ学校の子、しかも同じ学年だ――！）

「ごめんなさい！」

できるだけ顔をかくすようにうつむいて、急いで距離を取る。

「わたし、帰るね！」

「えっ、ちょっと待ってよ、キミにお礼を……」

「おーいクロト、そいつ早くつれてこいよ……って、あれ？」

『翔太』くんの呼びかけを無視して、わたしは背をむけて走りだした。

（ううっ、やっちゃったかも――！）

同じ学校の子に、『カメラアイ』のことがバレちゃったかもしれない。

マズイ！　小学校のときみたいに……学校にいづらくなっちゃう――！

走って家についた瞬間。わたしはお母さんに泣きついた。

「お母さん！　髪っ！　髪っ！　入学式までに！」

「ええっ、なによとつぜん。髪きりたいの、髪を伸ばしたいって言ったのゆずじゃない」

そうなんだけど……っ！

でも、今はできるだけ雰囲気を変えたいの！

新学期、あの四人に、ぜったい見つからないように――!!

2 つらい思い出

ちょっとだけ、ムカシの話をするね。

小学校三年生、わたしが、『カメラアイ』に気づいたときの事件のこと。

クラスに、佐藤マコちゃんっていう子がいた。すごく大人しい子だった。

ある日、マコちゃんの使っていたキラキラのペンがなくなった。それで、先生が話を聞くうちに、だれかが盗ったのかもしれない、ということになった。

人気のあるペンだったから、クラスで何人も同じものを持っていた。

だから、だれがマコちゃんのペンを盗ったのかわからない。

先生は放課後、同じペンを持っていた子を全員集めて、言った。

「だれが佐藤さんのペンを持ってるんだ？　正直に言いなさい」

わたしもそこにいたんだよね。そして、わかっちゃった。
小さいころから記憶力だけは、すっごくよかったんだ。
っていうか、このときまで、わたしは自分のことを『ちょっと記憶力のイイ、フツーの子』って思ってたんだよね……。

「シズカちゃんが持ってるのが、マコちゃんのペンだよ。マコちゃんが使ってたペンと、細かいキズがいっしょだもん。

――わたし、ぜんぶ覚えてるよ」

……それがマズかった。

シズカちゃんは、そのときクラスで一番人気のある子だったから。

「――キズなんて、フツーそんなの覚えてるわけないじゃん。ゆずちゃんのウソツキ！」

「えっ、ウソなんてついてないよ、だって……だって、ホントに覚えてるんだもん」

（これって、フツーのことじゃないの⁉）

わたしはだれかに助けてほしくて、ぐるっとまわりを見まわした。
だけどクラスの子も……先生も、だれもわたしを信じてくれなかった。

そうしてわたしは、そのとき、初めて知ったんだ。
みんな、わたしみたいに、記憶力がいいわけじゃないんだ。
（どうしよ……っ、わ、わたしのほうが、オカシかったんだ……っ！）
お父さんにもお母さんにも言えなくて、ぐるぐる悩んだ。
──結局、マコちゃんのペンはかえってこなかった。
それだけじゃない。
次の日からわたしは、シズカちゃんに目の敵にされたんだ。
わたしを見るたびに、シズカちゃんはちょっと笑ってそう言った。
「──ウソツキ」
シズカちゃんがそう言うから、クラスもそういう雰囲気になった。
のこりの三年間、わたしは、ひとりぼっちだった。
わたしは、この力を『カメラアイ』って呼ぶことに決めた。
それから、ずっとずっとこの力をかくしている。

みんなに合わせて、フツーに生きてくって決めたんだ！
ひったくり事件のときに力を使ったのだって……正直、ちょっと計算があったんだ。
知らない子だし、もう二度と会わないからだいじょうぶ、って……。
でもまさか、同じ学校の子（予定だけど）だったなんて！
どうしようー!!

3 入学！ 青星学園中等部

四月一日。

わたしは、晴れて青星学園に入学した。

ダークブラウンのブレザーとタータンチェックのスカート。ベストと赤いリボン。クツ下は白で、指定のクツはこれまたダークブラウン。エナメルコートのつやつやのクツなんだよ（お母さんは、手入れがすっごくめんどくさいって言ってたけど……）。

そして、式典のときだけ男子も女子も、帽子をかぶるんだ。

帽子の下のわたしの髪は、耳の下までバッサリきった。

……あの四人に、万が一にも見つかるのはゴメンだわ。

そして、入学式から一週間後……。

わたしのクラスは、一年二組。

「ねえ、ゆず。ピンクとベージュ、どっちがかわいい？」

この子は、朝木瑠璃ちゃん。

席に座るわたしの前で、マニキュアのビンを二本見せてくる。

「わたしはピンクかな、ルリちゃんにすっごく似合うと思う」

「でしょ！　ほら、やっぱりこっちの色のほうがかわいいって」

青星学園は、ちゃんと勉強していれば、オシャレはけっこう許してくれる。

このルリちゃんが、クラスの女子の中心だった。

まわりはいつも、オシャレで派手な子がかこんでいる。

わたしも、初めての日直がルリちゃんといっしょだったのをきっかけに、ちょっとだけ仲よくなったんだよね。

……正直、ラッキーって思っちゃった。

クラスの中心にいる子と仲よくなれば、小学校のときみたいにはならないもん。

わたしは『ルリちゃんとはいい関係を保ち、でもできるだけ目立たず』を実行中なんだ。

今のところ計画通り、わたしの平穏は順調に保たれているのだ！

「それでね、昨日買ったかわいいリップが――」

ルリちゃんがそう言ったとき。

ざわっと廊下がさわがしくなった。

「――Sクラスだ！」

「マジで？　教室移動!?」

ルリちゃんたちが、廊下側の窓に走っていく。

（……ああ……来た……）

みんなが期待するなか、わたしだけ、教室のすみっこのほうにそうっと身を寄せた。

――Sクラス。

一年生の三クラスのほかに、今年から増設された、特別クラスのことだ。

なにかに秀でた、才能のある子ばかりが集められているんだって。

ENGLISH

それが、もうホントにすごいの。

芸能人とか、スポーツ特待生で、将来のサッカー日本代表入り確実！　みたいな子とか。

そして、男子がみんなめちゃくちゃカッコいい。

こうやって教室移動で廊下を歩くと、人だかりができるぐらい。

「——来た！」

廊下の先から歩いてくる集団が、窓の外を通る。わたしは精一杯、身を縮めた。

——入学式で、Sクラスメンバーを初めて見たとき、心臓が止まるかと思った。

だって、ひったくり事件のときの、四人組。

あの人たち、なんと全員Sクラスだったんだ！


あのときの青シャツの子は、【孤高の天才】『佐次清正』くん。

とにかく、ものすごく賢くて、将来は東大合格確実だって言われてる。

すごくクールで、笑ったとこをだれも見たことがないんだって。

白ジャケットだった子は、【白の貴公子】『白石玲央』くん。

薄い茶色の髪が特徴かな。背がすっごく高くて、女子人気ナンバーワン。

現役モデルで、ファッションにもくわしくて、ちょっと制服を着崩してるとこなんかすっごくカッコいい。


黒いシャツだった子は、【黒のプリンス】『泉田黒斗』くん。

やわらかい雰囲気が本当に王子様みたい。

なんと十二歳にしてプロの芸術家なんだよ。専門は西洋画らしいんだ。

小学生のときに、すでに個展も開いてる天才なの。


……それから。

ひとりだけサッカー部の赤いユニフォームを着た、男の子。

赤いパーカーの『赤月翔太』くん。

スポーツ特待生で、サッカーがすごくうまい。プロチームのスカウトも目をつけてて、

SEISEI
SEISEI

SEISEI
SEISEI

将来は日本代表入り確実だって言われてる。

赤月くんのあだ名を知ったとき、わたしは不覚にもドキッとしてしまった。

それはね――【赤い弾丸】。

足がすっごく速くて、ドリブルも上手だから。

サッカー部の入部試験のとき、赤いユニフォーム姿がまるで弾丸みたいに見えるからって、ついたあだ名なんだって。

……あのときと、同じだ。

赤月くんを見るたび、わたしはまだドキドキする。

ひったくり犯を捕まえるために、地面を蹴った瞬間の、真剣な顔。

意志の強そうな黒い瞳と、きゅっとむすばれた唇が、すごくカッコいい――

って……なに思いだしてんのわたし！

もう関わりのない人なんだよ。ぜったいに、見つかっちゃだめなんだから。

……実は、わたしはちょっとだけほっとしてる。

だってあれだけ女子にかこまれてたら、わたしのことなんて目に入らないじゃない？

ほら、わたし平凡だもん。

……胸を張って言うことじゃないけどさ。


Sクラスが通りすぎたあと、ルリちゃんが顔をちょっと赤くしてもどってきた。

「翔太くん、やっぱりカッコよかったなぁ」

ルリちゃんは、とろけてしまいそうなうっとりした目をしていた。

あの四人のなかで、ルリちゃんは赤月くんが一番好きなんだ——

「ね、ゆずはだれが一番好き？」

ルリちゃんがこっちを見た。目が笑ってない。

わかってるよね、って顔だ。

「わたしには、あの四人はちょっとハードル高いよ。イケメンだもん。ルリちゃんは……すごく赤月くんとお似合いだよね」

ルリちゃんの顔がぱっと明るくなった。

そのうれしそうな顔とは反対に、わたしはとつぜん胸がぎゅっと苦しくなるのを感じた。

（なんでだろ……）

ルリちゃんと赤月くんのことで、わたしにはなんの関係もないのに……。

……わたしは、この胸の痛みを、無視することにした。

ルリちゃんに嫌われでもしたら、このクラスではオシマイなんだから。

よけいなことに気を取られちゃだめ。

空気を読んで、まわりに合わせなきゃ。

ちょっと大変だけど……。

でも小学校のときにくらべたら、今のほうがだんぜんマシだもんね。

4　夜の忘れ物

何事もなく、入学してから一月半がたった、五月の中頃。

わたしは、美化委員になった。

体育委員とかルーム長とか、目立つ花形委員じゃなくてよかったな。

（——って、思ってたんだけどなあ……）

わたしは、サッカー部の部室の前で、がっくりと後悔に打ちひしがれていた。

うちの学校には『部室棟』っていう、部活の部室ばっかり集められた校舎があるんだ。

そこの一階の角。一番大きな部屋が、サッカー部の部室だった。

美化委員会には、部室をたずねて、そうじがいきとどいているかをチェックする、という仕事がある。

それがね！　よりによって、わたしの担当、サッカー部！

がははは、と豪快に笑う、体育の先生がいっしょに来てくれるんだけど……。

「役得だよなあ、春内。サッカー部は、Sクラスの赤月がいるからな、うれしいだろ」

うれしくない女子だっていますよ……。

「よーし、行くぞー」

「あぁ、待ってください……」

もし赤月くんがいたら、どうしよう……。

先生が部室のドアを思いきりあけた。

「おーしお前らー、清掃チェックだ」

部室のなかから、いっせいにブーイング。

「センセー、プライバシーのシンガイっすよ。ちゃんとノックしてくださーい」

「着がえてたらどうするんっすかー」

「やかましい！」

先生が一喝して、部室に笑い声が広がる。

おお……男の子の部室って感じだ……。

「よし、春内、チェック」

「あっ、はい！」

先生の背中からちょこっと顔をだして、急いでチェック。

そうじ……ビミョウ、整理整頓……ビミョウ、清潔さ……ちょっと汗臭い。

壁際にはトロフィーがたくさんならんでいて、反対側には個人のロッカーが。

たくさんある棚には、シューズやタオル、トレーニング用のダンベルなんかが、ならんでいた。

「うわっ、美化委員って、女子!?」

部室のなかがザワめく。

わたしは、あわてて、ひゅっと顔をひっこめた。

そのなかで、聞きおぼえのある声が、軽く笑った。

「ほら、やめろって。がっつくなよなー、みっともねえ」

この声、赤月くんだっ。

「翔太はいいよなー、放っといても、女子のファンがいっぱいじゃん」

「そーそー。おれたちにもわけてくれよ」

赤月くんが、鼻で笑った。

「バーカ。しょうがねえだろ、おれがカッコいいんだから」

ドっと部屋のなかがわく。

「翔太クンの女ったらしー」

先生が、ぱんぱんと手をたたいた。

「バカ話は終わりだ、ほら、これやるからな。ちゃんとそうじしろよー」

先生が、十枚入りのゴミ袋を部屋のなかに放った。

部室からでるとき、わたしは見てしまった。

部室棟の前で、ルリちゃんやほかの女の子がしゃべりながら待ってる。

サッカー部……赤月くんを待ってるんだ。『出待ち』ってやつ。

なんだかちょっとゾワっとした。

本当に、ぜったいに関わらないようにしよう。

その夜の八時ちょっと前ぐらい。

わたしは、完全下校が終わったあとの学校にもどるハメになっていた。

翌日提出の宿題を、教室に忘れちゃったんだ。

（ホントサイアク……）

うちの学校は、人の出入りにはちょっとキビしい。

下校時間が過ぎたら、生徒はもう立ち入り禁止。校門には警備員さんがいてなかに入れてくれないのだ。

（しかたないなあ……）

わたしは、ヒミツの通り道を使うことにした。

委員会のセンパイから聞いたんだ。

正門の反対側の、裏庭に続くサクに、大きな穴がある。

植えこみにかくれてるから、なかからも外からもわかりづらい。

わたしは、サクの穴を通って、裏の林から池のそばにでた。

このへんはあんまり生徒も来ないし、先生も来ないから、『うっそうとしてる』って感じがぴったりなの。
「うわあ、この池、汚いなあ」
時々来る生徒がゴミを捨てるんだろうな。ゴミが浮いた池は、すごく汚い。
そのまま木立をぬけると、部室棟の校舎がある。
その横を通りすぎて、教室のある校舎にむかう。校舎はまだカギが閉まってなかった。
セーフ……。毎日八時を過ぎると、警備員さんが閉めちゃうんだ。
教室でささっと宿題を確保。
同じ道を通って、サクの穴から外にでた。
「ミッションコンプリート！」
と同時に、ぐぅ、とおなかの音がなった。
（……うう、おなか減ったなぁ……）
ふと顔をあげると、香ばしいにおいがただよってきた。
道路のむかい側に、こぢんまりとしたパン屋さんがある。
お客さんと入れかわりで、アルバイトの男の人が、ゴミ袋を持って外にでるところだった。

たしか、毎日八時で閉店なんだよね。

お店の明るい光に照らされて、アルバイトの人の黒に緑のラインのくたびれたスニーカーと、時計のオレンジ色のベルト、エプロンの大きなシミまではっきり見える。

「……パンなんて買って食べたら、お母さんおこるだろうな」

がまんしよ。

わたしはいいにおいに後ろ髪をひかれながら、帰り道を急いだ。


そして。

これが、ここから起きるとんでもない事件の、すべての始まりだったのだ――

5 「犯人はお前だ！」

その朝、とうとう、お母さんまでSクラスの話をしはじめた。

「ねえ、青星のSクラスってすごいらしいじゃない」

「つんぐ！」

わたしは朝ごはんのパンを、あやうくのどにつまらせるところだった。

「……っ、ゲホ、なんで知ってるの」

「保護者会で聞いたの。東大に入れるような子とか、芸能人がいるんでしょ？」

「……そうみたいだね」

「ゆずは入れないの？　あなた記憶力だけはすごくいいじゃない？　ほら、理科や社会みたいな暗記系の科目はスバラしいですって、小学校の先生も言ってたわ」

「無理だよ、それぐらいじゃSクラスには入れないよ」

あっちは将来サッカー日本代表とか、天才画家とか、そういうのなんだよ。

「そんなのわからないじゃない。ねえ、お母さんから頼んでみようか？　高等部や大学へ行ったときに有利になるかもしれないし。それに、もし入れたら、『春内さんすごい』って学校で言ってもらえるわよ」

お母さんがお弁当をつめながら、笑って言った。

「……やだ、やめてよ」

それで、もし『カメラアイ』がバレちゃったらどうするの!?

お母さんは、わかってない。

大人ってそういうところ、あるよね。

子どもの世界なんてかわいらしくってチョロい、みたいなさ。

わたしたちはそんなかんたんじゃない。ときには、お母さんの大好きな昼ドラも真っ青なことだって起きるんだ。

なんだかすごくイライラして、わたしは一生懸命パンを口につめこんだ。

「ぜったいやめてね。わたし、フツーがいいんだから！」

わたしはお弁当をひっつかんで、飛びだすように家をでた。

学校は、朝からなんだかざわざわしていた。

なに、どうしたの？

わたしはルリちゃんを見つけて聞いた。

「おはよう、なにがあったの？」

「サッカー部の部室に、ドロボウが入ったかもって」

「えっ！　なにか盗まれたの⁉」

ルリちゃんは首を横にふった。

「わからないの。でもうわさでは、サッカー部の大切なものがなくなったって……」

あわててふたりでサッカー部の部室にむかうと、そこには人だかりができていた。

腰ぐらいの高さにある大きな窓のガラスが割れていて、部屋のなかに散らばっている。

ルリちゃんが、一オクターブ高い声をあげた。

「あっ、翔太くん！」

その瞬間、わたしは高速で首をひっこめた。

「大変だったね、つらいよね……」

「だいじょうぶ？　赤月くん、元気だしてね」

女の子が次々と赤月くんに寄っていく。

わたしは、首をひっこめたまま、そうっと教室へむかった。

ふー、あぶない、あぶない。


サッカー部の事件は、先生たちが調査するそうで、生徒はよけいなうわさ話をしないように、ということだった。

警察も呼ばないみたい。

生徒のイタズラだろうってことだから、あんまり大事にしたくないんだと思う。

サッカー部ってことで女子はザワついていたけど、わたしにはあんまり関係ない。

いつもと同じ、平和な一日を過ごすんだ。

……って思ってた、その放課後。

「――Sクラスだ！」

「なんでうちのクラスに⁉」

放課後の教室がザワっとする。

わたしは窓際の自分の席で、帰る準備をしていた。

入り口近くにいたルリちゃんが、いの一番にかけ寄ったのが見えた。

「どうしたの翔太くん。二組に用事？　あたしが聞くよ？」

そんなルリちゃんを、赤月くんはちらっと見ただけだった。

「お前じゃないから。ちょっとどけよ」

ルリちゃんを押しのけた赤月くんが教室のなかを見まわした。

そして、なにかを見つけたように、こっちにむかって歩いてくる。

――ぴたりと止まったのは、なんと、わたしの前⁉

「……へ？」

おそるおそる顔をあげる。ギギギ、とさびついた音がなりそうだった。

ばちっと視線が合った。

ヤバ……っ！

「お前、春内ゆず、だよな」

赤月くんの後ろには、同じSクラスの佐次くん、白石くん、泉田くんの三人。

よりによって、あのときの四人⁉

白石くんと佐次くんは、わたしの顔を見て、わずかにまゆをひそめたような気がした。

（うわわ、バレた⁉）

いや、だいじょうぶなはず。だってあのときは一瞬だったし、髪もきったし！

「あのっ、なにかな？」

クラス中に注目されるなか、赤月くんは、わたしのカバンを勝手に持ちあげた。

「用がある、ちょっと来いよ」

え、わたしのカバン！

赤月くんは、そのますますたと教室をでていってしまう。

「わっ、ちょっと、かえして！」

カバンを人質（カバン質？）に取られて、わたしはあわてて追いかけた。

だけど、クラス中の視線が痛すぎるっ！

……特に、ルリちゃんの……。

わたしは『特別自習室』と書かれた教室に、ひっぱりこまれた。

(こ、ここってうわさの『Sルーム』じゃない……⁉)

『特別自習室』。通称『Sルーム』は、Sクラスだけが使える自習室のこと。

普通クラスの子たちは、Sクラスの許可がないと入っちゃだめなんだ。

Sルームのドアがバタンと閉まる。わたしは四人とむきあった。

……こんなトコに呼ばれて、なにを言われるんだろ。ちょっとこわいんだけど……。

翔太くんはわたしと目が合うやいなや、ビシっとこっちを指さした。

「春内ゆず！　犯人はお前だ！」

……え、えええええ――――⁉

「は、犯人⁉　なんの⁉」

「〝勝利の女神像誘拐事件〟だ！」

SEISEI

（え？　なんなの、その事件……）

佐次くんが、すかさず横からフォローしてくれる。

「サッカー部の部室にドロボウが入ったの知ってるか？」

「うん」

「ガラスが外から割られていて、勝利の女神の形をしたトロフィーが盗まれた。それで——おれたちはその犯人を捜してる」

あ、だから〝勝利の女神像誘拐事件〟なのね……って。

「それがわたしだっていうの⁉」

赤月くんがこっちをじろっとにらみつける。

「おれたちは色々調べたんだ。いいか——よく聞けよ」

えらそうに胸の前で腕をくんで、ふふん、と笑った。

う、ちょっとカッコいい……けど、今はそれどころじゃない。

「毎日、先生も全員帰って学校が閉まる前に、警備員が巡回するんだ。昨日は、午後八時すぎに最後の巡回があって、そのときサッカー部の部室は無事だった。だから事件は、午後八時すぎから、次の日の朝の間に起こった、と考えられる。

――お前、昨日の夜学校にいただろ」

(なんで知ってるの⁉)

わたしは胃のあたりがぎゅっと痛くなるのを感じた。

「お前が、裏庭のサクの穴から入ってくとこ、見たヤツがいるんだよ。七時四十五分ぐらいにな」

「そんなの……その人が犯人かもじゃん」

「親といっしょだったんだよ、そいつ。お前、そのあと巡回が終わるのを待って、うちの部室のガラスを割って、女神像盗んだんだろ！」

そんなの、むちゃくちゃだよー！

「忘れ物を取りにもどっただけだよ！」

わたしは必死だった。

Sクラスにつれだされたってことだけでも、超！　大事件なのに。

さらにドロボウの容疑者になっちゃうしっ！

ど、どうしよう——！

「翔太、言いすぎ。春内さんもちょっと落ちついて、ね」

【黒のプリンス】こと、泉田くんが、わたしの背中をとんとん、とたたいてくれた。

「じゃあお前、証明できんのかよ。昨日、女神像を盗んでないって証明」

「……そんなの——」

できるわけない、と言おうとして、わたしはひとつ思いあたってしまった。

……できるかもしれない。

だけど、これをやっちゃうと、わたしの『カメラアイ』のことがホントにバレちゃう。

「やっぱり証拠がないんだな。お前が、おれたちの大事なトロフィーをうばったんだろ！」

うう……赤月くん、めちゃくちゃこわい顔してこっち見てる……。

——でもわたしは、その瞳の奥が……すごくつらそうに揺れているのを見た。

わたしは、そのとき「いやだな」って思った。

赤月くんに、「トロフィーをうばったドロボウ」だって思われたくなかった。

……わたしは赤月くんの敵じゃないって、そう証明したかったんだ——！

「……わかった、証明する」

白石くんと、佐次くんの目が、じっとこっちを見ている。

まるで、なにかを見透かすように。


キュイイイイイイン！！！


耳鳴りとともに、記憶の海に、沈んでいく感じ。

色とりどりの吹きあがっていく記憶のカケラに、手を伸ばす。

昨日の夜のキオク――……

（つかんだ！）

わたしは、目をあけた。

「――……昨日わたし、忘れ物を取りに行ったの。

裏のサクの穴から入ったのはホント。忘れ物を取って、またサクの穴から外にでた時間は、夜の七時五十六分。時計の時間を覚えてる。警備員さんが巡回したのは八時すぎなんだよね？

わたしが帰ったあとだったんだから、わたしは無実だよ」

「その時間に帰ったっていう証明は、できるのか？」

「できる」

わたしは、きっぱりと言いきった。

「裏の穴をぬけると道路にでるよね。むかいにはパン屋さんがあって、夜の八時に閉店する。昨日は売れのこりのワゴンセールをやってた。ワゴンのなかには二十パーセントオフのクッキーが二袋、十パーセントオフのパンのつめあわせが四袋あったよ」

わたしは、写真を見るみたいに、自分の記憶をじっと見つめる。

「そこにちょうどお客さんが来て、クッキーを一袋とパンを二袋、買っていった。同時に、お店のアルバイトの男の人が、ゴミ袋を持ってでてきたんだ。スニーカーは黒に緑のラインで、時計のベルトはオレンジ。エプロンには大きな茶色のシミがついてた。

セール内容は毎日ちがうし、お客さんが来た時間は、パン屋さんに昨日の記録を見せてもらえばわかるよ」

これなら、わたしが八時より前に、穴からぬけたって証明になる……よね。

男子四人は、ぽかんと口をあけていた。

赤月くんがぱちぱちとまばたきした。

「それ、ぜんぶ覚えてんのかよ……？」

「覚えてるよ。パンのセールのシールが、黄色と赤の二色だったことも、その日のなんのパンが入ってたかも覚えてる。

――わたし、ぜんぶ覚えてるんだ」

赤月くんたちは、全員で顔を見あわせていた。

「とにかく、パン屋さんに聞きに行ってくる。キヨ、つきあって」

白石くんが言った。佐次くんをつれて、ふたりでかけでていく。

のこされたわたしは、不安でいっぱいだった。

だって赤月くんが、まだじっとわたしをにらみつけてくるんだもん……。

……やっぱり、わたしの力のこと、信じてくれないんだろうな。

赤月くんに「ウソツキ」って言われるかもしれない。

そう考えると、ぎゅっと胃が重くなった。


しばらくして白石くんと佐次くんがもどってきた。

パンでいっぱいの袋を持ってね。

「なあ、春内」

もどってきた佐次くんが、わたしを呼んだ。

「なに？」

「これ見て」

バっと目の前に差しだされたのは、パン屋さんのレシート。それも、けっこう長い。

「えっ!?」

「はい、おしまい」

白石くんが、後ろからわたしの目を両手でかくした。

（ふわっ!?）

「え、ええっ!?」

もう大混乱だった。

なんにも見えないけど、手のひらがやわらかいし、白石くんもすごくいいにおいがする。

背中から抱きこまれてるから、あったかいし！

なにこれ！　どういう状況!?

「ちょっとがまんして」

白石くんがふふっと笑う。うわぁあ、耳もとはだめ！

大混乱中のわたしの耳に、佐次くんの冷静な声が、聞こえた。

「翔太、クロト、こっち来て。このレシートいっしょに見ててくれ」

「おう」

「いいよ」

ふたりの移動する音。

「春内、レシートに書いてあった、パンの種類と値段。上から順番にぜんぶ言えるか？」

――なるほど、そういうことね。

(でも、だったら、もっとほかに手段があるはず――!)

心臓の音まで聞こえそうな、白石くんとの密着具合に、全力で抗議したい!

……そんな度胸ないけどね。

わたしは極力冷静さを保ちながら、さっきのレシートの記憶をひっぱりだした。

「――上から、メロンパン・百二十五円。カレーパン・二百六十円。ミニクロワッサン・オ・ショコラが四つで二百四十円。うわっ、これ限定のミラクルミルクプリンパン! 五百六十円もするんだ……それから――……」

パンは合計十二個(だれが食べるんだろう……)。

ひとつだってまちがっていないはず。

両目から、白石くんの手がはなれていって、わたしはすごくほっとした。

心臓バクハツするかと思ったよ……。

わたしの後ろにいる白石くん以外、みんな佐次くんの手のなかにあるレシートをじっと見つめていた。

佐次くんが言った。

「本当だったんだな」

わたしはおどろいて、そのあとあわててうなずいた。

佐次くんが「本当」って言ってくれたから。

「……この力、わたしは『カメラアイ』って呼んでるの。一瞬でも見たことは、ぜったいに忘れないんだ」

「カメラっていうからには、覚えておきたいことを、写真に撮る感じなのか？」

そんなの、聞かれたのは初めてだった。

「えっと、写真に撮るっていうか、アルバムを見てる感じかな。わたしの場合は、海にダイブして思いだしたい記憶をさがしてくイメージ」

「すごいな、春内」

ふりかえったら、白石くんが目をまるくしてこっちを見おろしていた。

わたしは、どうしていいかわからなくて、アワアワしてた。

だって、信じてくれた人、初めてだったんだもの。

佐次くんが言った。

「パン屋さんに聞いたら、春内の言ってたことは本当だったよ。アルバイトのエプロンのシミや、パンのセールの内容、閉店まぎわに来た客の買い物の内容も、まちがいなかった」

赤月くんは、ぎゅっとこぶしを握りしめた。

「だけど、そのあともどってきたのかもしれないだろ！」

「落ちつけよ、翔太」

白石くんが、赤月くんをなだめるように、間に入ってくれた。

「そもそも、春内だけを犯人って決めつけるのは、無理があるって、最初っから言ってただろ。夜の八時すぎから朝までどれだけ時間があったと思ってるんだ。入ろうと思えばだれでも入れただろ」

——ん？　今、聞き捨てならないことを聞いた気がしたんだけど……？

最初っから無理があったって……。

「えっ！　じゃあわたし、べつにうたがわれてなかったってこと!?」

白石くんが、片手を顔の前で立てて、おがむふりをした。

「悪いな。春内を見たって話聞いてから、翔太がどうしてもって言うから。こいつ思いこんだら一直線のところあるからさ」

それじゃあ、わたし、Sクラスの前で使わなくてもいい力を使ったってこと!?

サイアク――!

「――春内」

わたしがわなわなふるえていると、赤月くんがわたしを呼んだ。

「悪かった」

わたしの目を見て言った。その強い視線に射ぬかれて、息が止まってしまうかと思った。

「お前をうたがってひどいこと言った。本当にごめんな」

ず、ずるい……。

本当に、心から一生懸命言ってるって、わかるから。

赤月くんには、ウソもごまかしもないんだ。

いつだってまっすぐで一生懸命な【赤い弾丸】だから、人をひきつける。

こんなの……

「べつに、いいよ」

って、言うしかないじゃない……。

「まあ一目見て、おれとキヨはわかってたよな。春内がドロボウなんかしない、信頼できるヤツだって」

白石くんが、にやりと笑った。

「なに、お前らこいつのこと知ってんの？」

赤月くんが、まだムスっとしたままふたりに問いかけた。

白石くんがうなずいた。

「気づいてないのお前ぐらいだろ、翔太。この子、キヨのばあちゃんがひったくりにあったとき、助けてくれたあの女の子だよ」

……わたしは、一歩あとずさった。

一目見てって、やっぱり顔を合わせた瞬間気づいてたのね……！

赤月くんはバっとこっちをむいた。

「ホントか!?　お前なんで言わなかったんだよ！」

「……うっ……わたしも、今気づいたとこだもん」

白石くんがニヤニヤと笑う。

「ウソだよなー、春内」

「ウ、ウソじゃないよ」

その横で、佐次くんまでため息をつく始末。

「ウソに決まってる」

「それは、無理があるね」

泉田くんまで！

「だって——お前、一回見たもの、ぜったい忘れないんだろ？」

ああ——！

そうでした、わたし、『カメラアイ』だもんね……。

白石くんが頭の後ろで腕をくんだ。

「ま、春内が『カメラアイ』じゃなくても、おれたちの顔、一回でも見たら忘れないだろ？」

それは、あなたたちがイケメンだからってことだよね。自分で言っちゃうんだ……。

しかもちっともイヤミっぽくないところがまた、Sクラスって感じだ。

わたしはもうやけっぱちだった。

「用がすんだなら、わたし、帰っていいかな」

今から、明日のクラスがこわくてしかたがない。

明日はクラスのみんなに、こう言うことにする。

『特になにもなかった。事件について聞かれたけど、まちがいだったらしいよ』って。

赤月くんが、逃げようとしたわたしの腕をガシっとつかんだ。

「なあ、春内。手伝ってくれよ」

男の子らしい、大きくてちょっと骨ばった手だ。

「お前の力すげェじゃん。その力で——おれたちを助けてくれないか？」

——えっ……！

その瞬間、わたしはカミナリに打たれたみたいに、しびれて動けなかった。

赤月くんの言葉に打たれたんだ。

「え、あ……」

だって――すごいって、
わたしのことを、この力ごとみとめてくれたんだ――！

「頼むよ」

その瞬間、クラスがこわいってことも、赤月くんたちがSクラスだってことも、ぜんぶ頭のなかから吹っ飛んでしまった。

なにかに取りつかれたように、わたしは、コクってうなずいてしまっていた。

「よし、じゃあさっそく調査だな」

Sクラスの男子四人がうなずきあっている横で、わたしは、はっと気がついた。

……これ、すごくマズイことになってない？

――ど、どうしようー！

後悔しても、あとの祭りだった。

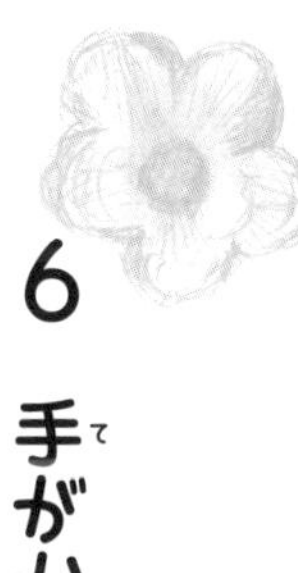

6 手がかりをさがせ！

わたしたちは、Sルームの真ん中ぐらい、思い思いの場所に座っている。

……わたしをかこむように四人が座ってるのは――

(スキあらば逃げたい……すっごく)

っていうわたしの思いが、見透かされてたりして……あはは……。

「なあ春内、お前放課後はヒマなの？　部活は？」

わたしの前に座った赤月くんが、イスの背もたれを抱きかかえるように、むかいあってくる。

「いえ、入ってない、です」
「なんでとつぜん敬語だよ」
「だって、赤月くんたち、Sクラス……ですから」

わたしみたいな平凡と、天才Sクラスじゃぜんぜん立場がちがうもん。

今まではテンパってたけど、われにかえるとタメ口なんてトンデモないんじゃ……。

「いまさらかよ。べつに関係ねえじゃん、同じ学年だし。つーか、そのアカツキクンってのもやめろ。なんかヤダ」

赤月くんが、ムスっと頬をふくらませる。

「えっ!?　じゃあなんて呼ぶの、デスカ？」

「やめろってば。翔太でいいじゃん」

「ぜったい無理」

わたしは、思わずスパっと真顔できりかえした。

Sクラスの人を名前呼びとか、わたしをハメツさせたがってるとしか思えない。

「はァ？　無理ってなんだよ。サッカーでもチームメイトは名前で呼ぶもんなんだよ」

勝手にSクラスと同じチームにしないでよ！

だれか止めて！　とふりかえって、わたしは後悔した。

すごく近い距離に、白石くんの顔があったからだ。

「翔太に賛成。おれ、レオって呼んでくれればいいから」

口をポカンとあけていると、泉田くんも割りこんでくる。

「じゃあぼくもクロトで。あと、こっちの不愛想なのはキヨね。よろしく、ゆずちゃん」

「いや、待って、あの」

わたしがしどろもどろになっていると、佐次くんがうっとうしそうにぎゅっとまゆを寄せた。

「この話はここで終わりだ。先に進まない。それでゆず、今日の放課後の予定はだいじょうぶなんだろうな」

つめたい空気が流れて、わたしはブルっと身ぶるいした。

あ、これ以上なにも言えないやつだ……。

「……だいじょうぶです」

「あー、聞こえねえけどー？」

わざとらしく赤月くん……翔太くんが、耳に手のひらをあてている。

うう……ここでだけなんだからね。

「……だいじょうぶ、だよ」

「おし」

満足げに笑った赤つ……翔太くんの顔に、またドキっとした。

ぱん、と手をたたいて、キヨくんが言った。

「一回整理するぞ。事件は、午後八時すぎから朝の間に起こった。盗まれたのは、サッカー部の〝勝利の女神像〟。ゆず、現場の部室は見たか？」

「見たよ。朝みんなが集まってたから、なにかなあって思って」

「よしっ」

翔太くんとキヨくんの声が重なった。

キヨくんが言った。

「ゆずの記憶が手がかりになるかもしれない。思いだしてみてくれないか、なにか変わったことはなかったか？」

……変わったことって、言われても……。

わたしは、朝見た事件現場の『記憶』をひっぱりだしてみた。

サッカー部の部室は、ほかの部室よりもずっと広くて、教室ひとつぶんくらい。

両側の棚からは物があふれて、床に散らばっていた（ドロボウに荒らされたのかも）。

たくさんのトロフィーや優勝旗のならびに、ぽつんと隙間がある。

あそこがきっと〝勝利の女神像〟の場所だったんだ。

壁の大きな窓は、腰ぐらいの高さから天井近くまで。カーテンがあるけど、たしか退室時はあけておかなきゃいけないきまりだった。

窓のそばの床には、ガラスが散乱してる。

小さいカケラから、手のひらぐらいまである、大きなやつまで。

飛び散ったガラスには――あれ……？

「……割れたガラスの大きな破片に、足跡……かな、それっぽいものがある気がする」

翔太くんが身を乗りだしてくる。

「どんな？」

「そこまではわからないよ。でももしかしたら、ガラスを割って外から入ってきた犯人が、ふんだんじゃないのかなあ」

クロトくんが、机に頬杖をついて言った。

「割れたガラスは、ゴミ置き場に行けばまだあるんじゃないかな」

翔太くんがいきおいよく立ちあがった。

「よし！　行くぞ！」

手がかりを見つけて、目がキラキラと輝いている。

そんな翔太くんの前に、レオくんが、腕時計をはめた左腕をつきだした。

「待てよ翔太、部活だいじょうぶか？　試合前だろ。お前レギュラーだし」

あ、そっか。だから翔太くんだけユニフォームなんだ。

まだ入部したばっかりなのに、レギュラーってすごい。

うちのサッカー部、トロフィーの数を見てもわかるけど、超強豪校なの。

なのにすぐレギュラーなんて、さすがSクラス……。

「遅れるって言ってある。お前らも知ってるだろ、あの女神像は、再来週の試合にぜったい必要なんだ」

翔太くんは、きゅっと唇をむすんだ。

「あれは、おれが取りもどさなきゃだめなんだよ」

「なにか翔太くんにとって、トクベツなトロフィーなの？」

そういえば、女子たちも翔太くんに「つらいよね」「だいじょうぶ？」って言って慰めてたっけ。

翔太くんがきょとんとしながらこっちをむいた。

ほかの三人も、信じられない、みたいな目をしてる。

「……お前さ、ちょっとでもSクラスに興味持たなかったわけ？　いちおうおれたち有名人だと思ってたんだけど、自信なくすぜ」

うっ……だってできるだけ避けてたんだもんね。

キヨくんがため息まじりに、翔太くんをさした。

「こいつの父さん、赤月疾風選手だよ」

「赤月疾風って……サッカー日本代表の!?」

ドイツのリーグで大活躍中の、超有名サッカー選手じゃない！

キヨくんが、先を続けた。

「赤月選手の出身校がココ。それまで青星サッカー部は弱小チームだったんだけど、赤月選手が初めて優勝にみちびいたんだ。そのときのトロフィーが、あの勝利の女神像だよ」

翔太くんが、バンっとわたしの机に両手をついた。

「青星サッカー部は試合のとき、ぜったいに女神像を持っていく。センパイたちは『赤月選手に応援してもらってる気がして、気合いが入る』って言ってるんだ。

……だから、次の試合までにぜったい取りもどさなきゃいけねえんだよ」

わたしは、翔太くんがどうしてあんなにつらそうな顔をしていたのか、やっとわかった。

あれは、お父さんの大事なものだったんだ。

同時に、サッカー部にとってもとても大切なもの。

「――あの女神像は、おれたちサッカー部の『誇り』だから」

そう言って笑った翔太くんは、やっぱりすごくカッコよかった。

最近、たまに不思議だなって思う瞬間がある。

ほかの人がいるのに、翔太くんだけしか見えないときがあるんだ。

今みたいに、翔太くんがすごくカッコよく見えるとき。

――わたしの世界は、彼だけになる……。

後ろで、くすって笑う声がした。レオくんだった。

「あーあ、ゆず、翔太にほれちゃった？」

ほれた……？　え、ほれ……。

「ほっ!?」

「ははっ、なにそのおどろき方。いいねえ、モテる男はさ。なあ翔太」

レオくんが肩をふるわせて笑う。

翔太くんがあきれたように肩をすくめた。

「バカレオ。ンな話してる場合かよ。ほら、さっさと行くぞ」

「あれ、翔太は気になんねえの？」

「そんなのいまさらだろ、いちいち気にしてらんねえ」

……あれ、なんで翔太くんはフツーなんだろ。

いや、フツーでぜんぜんいいんだけど！

でもこういう話って、もっとドギマギしたりしないの？

わたしだけ、なんでこんなにあせってるの⁉

クロトくんが通りすぎながら、やわらかく言った。

「まあ翔太にとっては、めずらしいことじゃないからねえ」

（――それ、めちゃくちゃモテるってこと、だよね……）

あっ、『いまさら』って、『おれがモテるとか、いまさらあたりまえの話すんな』ってこと⁉

わたしはなんだかムカっとして、ちょっとトゲトゲしく言った。

「ふうん、さすがSクラスだね」

（まあ、わたしにはぜんぜんカンケーないけどねっ。ふんっ）

大股で教室をでていってしまった翔太くんのあとを、追いかける。

レオくんが、とんとんとわたしの肩をたたいた。

「翔太はああだけど、おれはべつにいいよ？」

長身をわざわざかがめて、まっすぐ視線を合わせてくる。

ああ、レオくんって不思議な目の色をしてる。濃い緑みたいな、青みたいな。

「おれは来るものは拒まずってタチだからさ、どう？」

「……どうって、なにが？」

わたしがきょとんとしたのを見て、レオくんはくすりと笑った。

「ゆずってさ、鈍感って言われない？　翔太じゃないけど、おれも自信なくすよ」

前を歩いていたクロトくんが、吹きだしたのが聞こえた。

なんて失礼な――！

「鈍感じゃないもん」

「鈍感じゃなかったら、おれのこの顔で『どう？』って言われて、そんな返事しないよ。フツー、つきあいたいとか思うもんじゃない？」

そこでわたしは、なにを言われているのか、やっとわかった。

とたんに顔がぶわっと熱くなる。

「そういうの、冗談で言うのはよくないよ！」

このイケメンめ！

翔太くんといっしょじゃん！　顔に自信があるから、そういうこと言えるんだ。

へ、平凡に謝れっ！　今すぐっ！

「レオくんがイケメンだからって、言っていいこととだめなこともあるよ！　わたし、顔でつきあいたい人を決めるわけじゃないもん！　レオくんのバーカ！」

わたしはあせりすぎて、自分がなにを言ってるのかぜんぜんわかんなくなった。

バーカって、わたしがバカじゃん！　子どもみたい。

レオくんは一瞬、さっきのわたしみたいにきょとんとした。

それから、なにがおかしいのか、手の甲で口もとをかくしながらものすごく笑った。

「っ、はは、あー、おかしい。ゆずのそういうとこ、おれけっこう好きだわ」

残念でしたっ！　その手の冗談は、もう一切受けつけないんだからね！

わたしはふん、とそっぽをむいた。

Sクラスのなかで一番モテるのがレオくんだ。芸能人だからファンもすごく多い。

レオくんの彼女になりたい女の子なんて、星の数ほどいる。

だからって、あんな風にからかわれるのはちょっとムカつく！
わたしは、ムスっとしたまま翔太くんのあとを小走りで追いかけた。

……正直、わたしにはまだよくわからないんだ。
だれかを恋愛的な意味で『好き』って気持ちとか、つきあいたいって気持ちとか。
あの四人はそういうの、もう飽き飽きって感じなのかな。
……翔太くんもそうなんだ、って思ったら、ちょっとだけ胸が痛かった。

7 ガラスの足跡

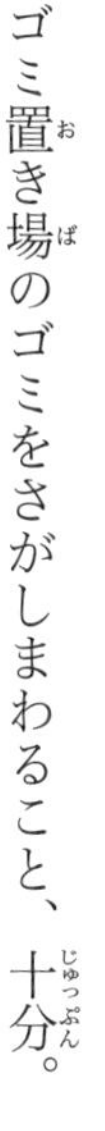

ゴミ置き場のゴミをさがしまわること、十分。

クロトくんがあけたゴミ袋のなかに、新聞紙につつまれたガラスの破片が見つかった。

そばに段ボール箱をしいて、ガラスをぜんぶ広げる。

ガラスの大きさはバラバラだった。

手のひらよりずっと大きな破片がいくつかと、小さな細い破片が、たくさん。

クロトくんが、一番大きな破片を指さした。

「あった、足跡ってこれじゃない？」

わたしは、それが『記憶』とぴったり合ってるのを確かめた。

「そう、これ！」

大きな破片の半分ぐらいまで、クツ底の跡がついてる！

翔太くんが、ううんとうなる。

「だけど、クツ全体の半分もないぞ。大きさとかもわかんねえな」

そのとき、レオくんがニヤっと笑った。

「いや、わかるよ。ほらここ見ろよ。つま先から一センチぐらいのとこ、ロゴが入ってる。クツ底のラバーの刻印だよ。ネットでさがせばでてくるかもしれない」

レオくんが指さした場所には、たしかに、小さい英語のマークみたいなのが入ってる。

「ブランド名はイタリア語だな。あっちのブランドかな。底の感じからするとスニーカーだと思うけど。ほらここ、反転してるけど『LTD』ってあるだろ。これ、限定品って意味だから、うまくいけば持ち主もしぼれる」

レオくんの目がすごくイキイキしていた。

やっぱりモデルってこともあるし、ファッションのこと好きなのかな。

「レオくん、イタリア語わかるの？」

「ん？　ああ、おれクォーターなんだ」

「クォーターって、おじいちゃんかおばあちゃんが外国人ってことだよね」

わたしはちょっとだけ納得した。

だから、瞳の色があんなに深くてきれいな青なんだ。

「うちはじいさんがイタリア人。じいさんちに行くとイタリア語だから」

レオくんは、スマートフォンで色々調べはじめた。

「モデルの仕事で海外も行ってるから、あと英語とフランス語ぐらいならいける」

いやいや、さらっと言っちゃうけど、それってすごいことなんじゃ……。

レオくんの手もとを横からのぞいてみると、インターネットの英語（かどうかもわかんないんだけど……）のページを見ていた。

こんなの読んじゃうんだ……もうさすがSクラスだよ。

感心していると、キヨくんが注意をもどすように少し大きな声で言った。

「クツの件はレオに任せるとして、ガラスがなんで割れたかは、わかるかもしれない」

「本当か、キヨ！」

翔太くんがパッと顔を輝かせた。

「ああ。ガラスの破片を見てくれ。大きく二種類あるだろ」

たしかに、わたしの手のひらの二倍か三倍ぐらいあるすごく大きな破片と、小さく細く割れているものとがある。

「ガラスっていうのは、物があたったところから放射状に割れる性質がある。だから小さな細い破片が、『衝撃の中心』。衝撃から遠いほど破片は大きくなる」

キヨくんは、細い破片を花の形のようにならべた。

ってことは、この真ん中になにかがあたって、ガラスが割れた……？

「ガラスを復元したら、なにがあたったかわかるかなあ」

「絵のないジグソーパズルみたいなものだから、時間がかかるな。大きいのを外側に、細いのを内側に――……」

キヨくんが言って、ううん、とわたしたちがうなっている間。

クロトくんが、かちゃかちゃとガラスをさわりはじめた。

視線をあちこちにむけて、きれいな指先でガラスを置いていく。

わたしはその指先を見て、おどろいた。

すごくきれいな白い手なのに、指先がいろんな色で汚れていたからだ。

SEISEI

（――これ、絵の具だ）

爪なんて、黒かったり青かったり。もう絵の具がしみこんじゃってるんだ！

毎日絵にむかわないと、ぜったいこうはならないよね……。

その指先からは、すごく努力してるあとが見えるような気がした。

「――こんな感じじゃない？」

クロトくんがさした先には、ガラスがパズルみたいに組みあわさっていた。

あちこち隙間はあるけど、ほとんどもとの形が再現されてる！

翔太くんが感心したように言った。

「すげえな、クロト」

「大したことじゃないよ。物の形をとらえるのは、画家にとって初歩の初歩だからさ」

再現されたガラスに、はっきりと浮かびあがった。

まるくて、小さな形。

「……野球ボールとかテニスボールみたいだね」

わたしたちが顔を見あわせた次の瞬間。

レオくんが、スマートフォンから顔をあげた。

「わかった。イタリアの〝エオリカ〟っていうスポーツスニーカーのブランドだ。限定品が、千足出回ってる」

「ということは、ガラスのことも考えると、ボールを使う運動部あたりが怪しいか」

キヨくんがそう言って、割れたガラスの写真を撮ると、空を見上げた。

赤みがかっていて、夕方が近づいているのがわかる。

「そろそろきりあげたほうがいいな。明日、運動部中心に聞いてまわってみよう」

「ああ、限定品だから自慢したがってるヤツもいるかもしれないしな」

レオくんがうなずいた。

みんなでガラスを片づけたころには、わたしはすっかり肩の荷がおりていた。

翔太くんがみんなをぐるりと見まわして言った。

「じゃあ、今日はこれで解散な。明日の昼休み、Sルームに集合だ」

軽く片手をあげて、背をむけて走っていく。

のこりの三人もつれだって帰っていった。

わたしは、達成感もあって、満ちたりた気持ちだった。
ちょっとだけど四人の役に立てたしね！
……まあ、これで終わっちゃうと思うと、ちょっとさびしい気持ちもある。
だけどわたしの最大の問題は明日、どれだけクラスでごまかせるか……。
ううん、きっとうまくやってみせる。
今日のはちょっとしたイレギュラー、明日からわたしはフツーにもどるんだ。
こうしてわたしの、Sクラスに関わるという、非日常の冒険が終わったのだった。

8 犯人が見つかった!?

次の日、登校するなり、ルリちゃんがわたしの席にすっ飛んできた。

――来た！

「昨日、どういうことだったの？」

うう……口は笑ってるけど目がこわい。

ルリちゃんの後ろには、クラスの派手な子を中心に、十人ぐらいが立っている。

それだけじゃなくて、クラス中が、聞き耳を立てているのがわかった。
でもこれは当然、予想ずみ。
昨日の夜、ちゃんとシミュレーションしたんだから。
「赤月くんが、サッカー部の事件を調べてるみたい。一昨日の夜、わたし忘れ物取りにもどったの見られちゃってて……なにか知らないかって。Sクラスの人たちも、協力してるんだってさ」

「……それだけ？」

「それだけだよ。ぜんぜんなんにもないって」

うたがわしそうなルリちゃんの目から、わたしはちょっとだけ視線をそらした。

「あのSクラスを間近で見られたし、Sルームにも入れちゃったし、すっごく役得って感じだよね、あははは」

ぬ、ぬけがけなんてしてないよ。Sクラスにもぜんぜん興味ないんだって！

……そういう、アピールのつもり。

「――そっかあ、いいなぁゆず、うらやましい」

ルリちゃんの顔が、だんだん明るくなってきたのがわかった。

よかった……。

まわりの子も話しかけてくる。

まるで、ルリちゃんの許可がおりた、って感じだった。

「ね、レオくんどうだった？　あたしレオくん派なんだ！」

「わたしキヨくん派！　春内さんうらやましいなー、Sルームにも入れたなんて」
Sクラスについては、たぶん暗黙のルールがある。
『ぬけがけ禁止』
みんなでいっしょにSクラスを楽しもう、って感じなんだと思う。
だれかのこと『好きだ』とか『彼女になりたい』なんて言ったら、ソッコーでアウト。
――ルリちゃんみたいな子以外はね。
「わたし、翔太くんが一番好きだな。いつか告ってつきあってもらうんだ」
ほら、ルリちゃんがそう言うのは、許されるんだ。
かわいいし、みんなルリちゃんは翔太くんと釣りあうと思ってるから。
……ホントは、翔太くんのことが一番好きって子もいるはず。
でもこのクラスでは空気を読んで、言わないことになってる。
好きなモノを好きって言えないのはちょっとつらいって思うんだけど……。
（――……だけど、しかたないじゃん）
わたしたちにとっては、空気を読むってことが、ときには勉強より大事だったりする。

わたしは小学生のときに一回失敗した。

それは、すごくつらいことだもん。

あーあ、クラスで生きてくのって、すごく大変だ。


だけどとにかく、わたしはクラスでの立ちまわりに成功した。

昼休みを過ぎると、もうだれも昨日の話題を持ちださなかったし、ルリちゃんともいつも通りの会話をしてた。

そして、また放課後。

ルリちゃんがカバンを持ってわたしに手をふってくれる。

「ルリちゃん、今からサッカー部の応援？」

「そう。また明日ね！」

「うん、バイバイ」

笑顔で手をふってくれるルリちゃんたちを見て、平和だなあって思う。

でもそれは、まさかの訪問者によって、一瞬で崩れおちた。

「――おい、ゆず！　お前、なんで昼休みに来なかったんだよ、集合って言っただろ！」

ルリちゃんが、教室のドアの前で目をまるくしている。

「ウソ、翔太くん？」

「なんでまた二組に？　……『ゆず』って」

クラスにのこっていた人たちの目が、いっせいにわたしのほうをむいた。

えぇぇぇ……！

（なんで!?　もう昨日で終わりのはずじゃん！）

翔太くんは、いつものサッカー部のユニフォーム姿で、ずかずかと教室にふみこんできた。

「昼休みに、レオがすごい情報を持ってきたんだ。行くぞ、野球部だ」

翔太くんはガシっとわたしの腕をつかんで、反対の手で、机の横にひっかけていたわたしのカバンをすくいあげた。

またカバンが人質に！

「今日は用事ねえだろうな？　委員会は？」

「ないけど……や、そうじゃなくて！」

「だったら、なおさらさっさと集合しろよな、みんな待ってんだから」

いや、そんな、わたしが悪いみたいな言い方されても困るよ！

だって、わたしの役目は昨日で終わりだって思ったんだもん。

反論するヒマもなく教室からひっぱりだされた。

あわててふりかえって――わたしはとても後悔した。

ルリちゃんの目が、すごくこわい。

これは……なんだかすごくマズイことになったんじゃ――!!


Sルームでは、レオくん、クロトくん、キヨくんの三人が、教卓をかこんでいた。

翔太くんがわたしをひっつかんだまま教室に入って、カバンを適当な机に投げだした。

クロトくんがこっちを見てやさしく笑う。

「遅かったね、ゆずちゃん。昼休みは委員会だったの？」

「それがさ、こいつ忘れてたみたいなんだよな」

SEISEI

翔太くんが舌打ちまじりに言う。

わ、忘れてたんじゃないもん。

わたしまで呼ばれてるって思わなかっただけだもん。

「そうなんだ。じゃあ昼休みのことから話さないとね」

のほほんと笑うクロトくんは、とてもやさしい。

……だけど、そのやさしさがあるなら、翔太くんを止めてほしかったな！　ホントに！

キヨくんがあきれたように言った。

「じゃあ、遅刻したゆずのためにもう一回言ってやるけど――」

キヨくんまで！

「昨日と、今日の午前中で、レオと翔太が手わけして調べてくれたんだ。〝エオリカ〟のリミテッドスニーカーを持ってるヤツ。やっぱり、自慢してるヤツがいた。それが、野球部の城島だ。二年だから、ひとつセンパイ」

ガラスを割ったのは、小さなボールかもって話だったもんね。

野球ボールならぴったり……。

「野球部に行くぞ」

翔太くんが、パシリとこぶしと手のひらを打ちあわせた。

やる気満々、戦闘態勢って感じだ。

レオくんがくすっと笑った。

「おい翔太、穏やかにいこうぜ」

立ちあがった面々に続きながら、クロトくんがこてっと首をかしげた。

クロトくんはこのメンバーだと、レオくんの次に背が高い。

それが子どもみたいなしぐさをするから、なんだかかわいらしかった。

「どうしたの、クロトくん」

「どうして野球部が勝利の女神像をほしがったのかなあって思って」

「そりゃあ、ご利益があるんじゃない？」

「サッカーのトロフィーなのに？　野球部にご利益があるかなあ」

……たしかに、そう言われればそうだけど。

わたしとクロトくんが首をひねっていると、翔太くんがふりかえって荒々しく言った。

「そんなの、問いつめればわかることだろ。行くぞ！」

そんな強引な……。

翔太くんが階段をかけおりていくのを追いかけながら、野球部にケンカを売るんじゃないかって、わたしはちょっと心配になった。

青星学園には、グラウンドがふたつある。

強豪サッカー部専用の、サッカーグラウンド（体育の授業でも使うんだよ）。

それから、野球部やラグビー部が使うグラウンドだ。

野球部も試合が近いらしい。練習にすごく熱が入ってるみたいだった。

わたしたちは、野球部のマネージャーに城島センパイを呼びだしてもらった。

やがて、ユニフォームを着た城島センパイがやってきた。

こっちに歩いてきて、サッカー部のユニフォームに身をつつんだ翔太くんを見たとたん、ビクっと体をふるわせたのがわかった。

（うわ、怪しい……）

翔太くんが、ビシっと背筋を伸ばして、センパイに一礼した。

「ッス。試合前の練習中に、とつぜん呼びだしてすいませんッした！」

わたしはびっくりしてしまった。

いつもの調子でつっかかるかと思ったのに……。

レオくんがおもしろそうに言った。

「運動部は上下関係にすごくキビしいからな。翔太は熱いしすぐつっ走るけど、ちゃんと払うべき敬意は払えるヤツだよ」

翔太くんのステキなところを知るたびに、また心臓がぎゅっと痛くなる。

ここのところ、わたしの心臓は大忙しだ。

そのうちホントにこわれるんじゃないの……？

翔太くんは、センパイに敬意を払いながらも、一歩もゆずらなかった。

となりで、キヨくんがスマートフォンの画面を見せている。昨日撮ったガラスの写真だった。

話しているうちに、センパイの肩が、ガクっと落ちた。

「……スマン」

城島センパイは、そう言った。

そうして、あの夜に起こったことを、わたしたちに話してくれたんだ。

——それは、どうやらこういうことみたい。

城島センパイたち野球部は、部活が終わったあとも、こっそり練習してたんだって。警備員さんが帰ったあとに、忍びこんだみたい。

部室棟の裏で練習中に、バッターが打った球がサッカー部の窓ガラスを割った。

忍びこんだことが、バレるわけにはいかない。

だから、サッカー部の部室にそっと入って、野球ボールを回収したってワケ。

「じゃあなんで勝利の女神像を盗ったんスか」

翔太くんが、センパイに聞いた。

センパイは首をかしげた。

「女神像？」

「そうッス。知ってるでしょ、サッカー部の赤月選手の優勝トロフィー」

「もちろん知ってるけど……おれたちじゃない。部室に入ってボールを回収しただけで、女神像なんてさわってもないぞ」

わたしたちは、五人で顔を見あわせた。

——ええっ、ガラスを割った犯人が、女神像をうばったんじゃないの⁉

9 応接室ハプニング！

城島センパイたち野球部のことは、わたしたちのなかだけで保留にした。

翔太くんが言ったからだ。

「もし問題を起こしたって思われたら、野球部の次の試合、出場停止になっちまうかもしれないだろ」

野球部だって、試合のために練習したかったんだもんね。

わたしたちはSルームにもどって、なんとなく黙りこんでしまった。

キヨくんがため息をついた。

「これでふりだしだ。城島センパイが、いまさらウソをついてるとも思えないし」

「そうなると、わざわざ女神像だけ盗んだヤツがいるってことになるけど……ガラスが割れたあとか、前かはわからないけどさ」

レオくんが、ううんとうなった。

わたしもぜんぜんわからなくなってきた。

それに今日翔太くんがやらかしてくれたことも、気が重い原因のひとつ。

明日ルリちゃんに、なんてごまかしたらいいんだろ……。

わたしがうんうん頭をかかえていると、レオくんがふいにこっちを見た。

「なあゆず、お前さ、実は翔太の熱狂的なファンでした！　ってことはないの？」

えっ⁉

「部室前で出待ちするほど好きでしたー、とかさ」

うっ、いや、そりゃあ、カッコいいとは思うけどっ！

「な、ないよ！」

「だよなぁ。そういやお前、ぜんぜんSクラスに興味ないんだったっけ」

翔太くんが首をかしげる。

「なんだよレオ、とつぜん」

「ほら、前に翔太が言ってたろ。サッカー部の出待ちしてる女って、たまに部室のなかにまで乗りこんでくるヤバイのがいるって」

「あー、あれはヤだ。応援はすっげえうれしいけど、部室にまで入ってこられるのは困る。おれら着がえたりしてるし。ハダカ見たいの？　って感じでちょっとビビる」

出待ちの子ってそんな感じの子もいるんだ……。

アグレッシブ（やる気満々ってこと）だなあ……。

サッカー部の応援や出待ちって、ホントすごいんだよ。

部室の前やグラウンドのそばにズラーって、女の子ばっかりならぶの。

「てっきり女子にちやほやされて、うれしいのかと思ってた」

わたしが言うと、翔太くんは大きくうなずいた。

「そりゃあ男たるもの、女子に応援されるのはやっぱうれしいぜ。ハダカ見られんのは困るけど」

「だよなあ。まあ見られて困るきたえ方はしてないけど、やっぱはずかしいもんな」

なぜか同意するレオくん。

「おう。ま、べつに見られてもいいぐらいにはきたえてるけどな、ハダカ」

なぜか自信満々の翔太くん。

……男の子って、時々バカなんじゃないかって思うこと、あるよね……。

わたしがジトって見たのがわかったんだろう。レオくんが苦笑して片手をふった。

「冗談だよ。もしゆずが部室のなかに入ってたら、女神像が盗まれる前と、あとの記憶をくらべられるかもって思ったんだよ。普通ならサッカー部の部室なんて見てないだろうから」

翔太くんがムスっと言った。

「……ゆずはンなことしねえよ」

「わかってるよ、言っただけ」

……ちょっとうれしかった。ちょっとは信頼してくれてるってことなのかもしれない。

同時に、わたしは大事なことを思いだしたのだ。

「あっ、わたし、女神像が盗まれる前の部室、見たことあるよ！」

クロトくんがきょとんとした目をむけてくる。

「ゆずちゃん、翔太の出待ちしてたの？」

「してないよ！　そうじゃなくて、わたし美化委員だもん。部室が荒らされてた前の日、サッカー部に清掃チェックに行ったんだよ」

翔太くんがあんぐりと口をあけた。

「あのときの美化委員、お前かよ！　ぜんぜん顔見えなかったぞ！　つーか言えよ！」

あっ、そういえば先生の後ろにかくれっぱなしだったんだっけ。

関わりたくないって思ってたんだもん。言うわけないじゃん……。

キヨくんが「よし」と手をたたいた。

「よくやった。事件の前とあとで、記憶をくらべるんだ。なにか新しい発見があるかもしれない」

わたしは、うなずいて集中した。


キュイイイイイン！

記憶の海に背中からダイブする。

さがすのは、清掃チェックのときの部室の記憶。

それと、もう一度、事件のあとの部室の記憶をひっぱりだす。


ふたつの記憶を見くらべる。

事件前の部室は、棚にこまごましたものがならんでいる。

事件のあとは、それがたくさん床に散らばっていた。

翔太くんが、そわそわとした様子で聞いてきた。

「どうだ？」

「ちょっと待って。今、床に散らばってるものをひとつひとつ見てるから」

「……やっぱりすっげェな」

翔太くんが、ボソっと言ったのが聞こえた。

……正直、すっごくうれしかったんだけど、答える余裕はない。

期待にこたえたいから、わたしも必死で集中する。

やがてわたしは、閉じていた目をゆっくりと開いた。

「――事件の前とあとで、女神像以外になくなってるものがあるよ」

棚に入っていた、細い布テープ(……だと思うんだけど)がひとつ。

なにかのスプレー缶。小さくて、フタが青いやつがひとつ。

ヒモが一束。

先生が置いていった、十枚入りのゴミ袋がまるごとぜんぶ。

翔太くんが、あごに手をあてて言った。

「布テープは、たぶんテーピングだな。スプレー缶はコールドスプレーだと思う。ねんざしたり打ち身ができたときに、冷やすヤツ」

「じゃあヒモはなにに使うの?」

「トレーニング用。中庭のコンクリートのトコで走ったりするだろ。そんときにラインをひくために使うんだ。タコ糸より太いぐらいで、たしか五メートルある」

クロトくんが首をかしげた。

「でも、もし女神像といっしょに盗まれたんなら、どうしてそんなものまで盗ったんだろう」

……たしかに。

だって、テーピングやコールドスプレーなんて、スポーツやってる人しか使わないだろうし。

翔太くんが、机に乗りだして言った。

「ほかのスポーツ系の部活のヤツかな」

キヨくんが首を横にふる。

「これぐらいのものならどの部活でも持ってるだろ。わざわざ盗む必要もない」

うーん、たしかにそう。

わたしはなんだか、ちょっと申し訳ない気持ちになっていた。

だってせっかく覚えてるのに、なんの手がかりもないんだもん……っ。

それから全員でしばらくうんうんうなってたけど、結局、今日は解散ってことになった。

「明日になれば、なにか思いつくかもしれないからな」

って、キヨくんが言ったからだ。

レオくんが自分のカバンをひょいと持ちあげて、ひらりと片手をふった。

「じゃあおれ、これから仕事だから」

仕事って……芸能人の、ってことだよね。

クロトくんも自分のカバンを持って、レオくんのあとを追いかける。

「レオ、今日はどこ？」

「駅裏のスタジオで撮影。クロトは？」

「ぼくも駅前で、次の個展の打ち合わせなんだ。途中までいっしょに行こうよ」

そうしたら、キヨくんもふたりにならんだ。

「おれも駅に行く。今日は塾だから」

駅前の塾って、たしか超！　進学塾だよね……それも……高校生対象の。

キヨくんはもう高校生の勉強をしてるんだ。だから塾もそっちにまぜてもらってるって聞いたことある。

三人は軽く手をふって、つれだってでていった。

ふわああ……みんなすごいなあ。

同い年のはずなのに、住む世界がちがいすぎる……。

わたしは感心しながら、自分のカバンを持った。

「じゃあわたしも行くね」

翔太くんに声をかける。翔太くんはユニフォームだから、これから部活だと思う。

「どこに？」

「職員室に寄って、先生にプリントを提出してから帰ろうかなーって」

昨日だしわすれちゃったやつがあるんだよね。

さっさと用事をすませて、早く帰って、明日からのクラスの対策を考えなくちゃ……。

うう、気が重い。

「ふうん。じゃあおれもいっしょに行く」

わたしは文字通り、ピシってかたまった。

(……え、な、なんで⁉)

「試合のことで、おれも職員室に用があるからさ。どうせならいっしょに行こうぜ」

「えっ、それはちょっと……」

翔太くんといっしょに歩いてるとこ見られるとか、どんなゴーモン⁉

自分のクラスだけじゃなくて、ほかのクラスの子にまで見られるってことじゃん！

「あぁ？　ヤなのかよ？　ん？」

翔太くんがわざわざ身をかがめて、至近距離でわたしの顔をのぞきこんでくる。

『このおれがいっしょに行ってやるのに、なんの文句があるんだよ？』って顔だ……。

「……イイエ」

「よし、ならさっさと行くぞ」

あーあ、わたしの学校生活、どうなるんだろ。

……だけど翔太くんが「ほら、早く」って、こっちをむいてちょっと笑うと……。

それだけでうれしいなって、思っちゃうんだ。

わたし、こんなに単純だったっけ……？


校舎に入ってから職員室までの道は、いばらの道だった。

堂々と廊下の真ん中を歩く翔太くん。

その後ろを、できるだけはなれて、はしっこをコソコソ歩くわたし。

これなら、外から見たら他人だよね、わたし！

なのに、翔太くんがくるってふりむいて言うんだよね。

「ああゆず、お前明日は遅刻せずに集合しろよなー」

あああ、名前呼んじゃだめ……。

「ってかなんでお前、そんなコソコソしてんの？」

だれのせいだと思ってるの！

……放課後で人が少ないことだけが、ちょっと救いだったよね……。

職員室の前についたとき、わたしと翔太くんは、同時に「あれ」って首をかしげた。

ドアの前で先生としゃべっていたのは、なんと警察の人。

先生はわたしたちに気づくと、警察の人をつれて職員室のなかにひっこんでしまった。

「どうしたんだろう、なにかあったのかな」

わたしは、さっさとプリントを提出するために職員室のドアに手をかけた。

その手をガシっとつかまれる。翔太くんだ。

「こっち来いよ」

「へっ⁉」

翔太くんがわたしをひきずるようにして、職員室のとなりの部屋のドアをあけた。

ここって——応接室？

「翔太くん、ここって生徒が勝手に入っちゃだめなんだよ！」

先生たちが、お客さんと話すのに使う部屋なんだ。

ドアがふたつあって、ひとつは今わたしたちが入ってきたドア。もうひとつは、職員室とつながってる。

「今の警察と先生、ここで話すつもりだ」

翔太くんは部屋のなかをぐるっと見まわして、部屋のすみっこにわたしをひっぱっていった。

そこには細いロッカーがある。そうじ用具ロッカーみたいな細長いやつで、高級そうな木でできてる。なかにはだれかのコートがかけてあった。

「ここで先生たちの話を聞こう」

「えっ、どうして？」

「さっき警察の人が言ってたの聞こえた。――『一昨日の夜……』って言ってた」

「それって、サッカー部の事件が起きた日だ」

「そうだ。先生がサッカー部の事件を警察に話したのかもしれないし……その夜に、別のなにかがあったのかも」

たしかに、そう言われれば気になるかも、だけど……。

「盗み聞きはよくないよ？　あとで先生にちゃんと聞けばいいじゃん」

「生徒に教えてくれるかどうか、わかんないだろ」

翔太くんがそう言ったときだ。

職員室につながるほうのドアが、ガチャっとあいた。先生が来る！

「ヤバイ！」

そこからは、あっというまのことだった。

翔太くんの声が聞こえて、なにか……あったかいものにぎゅってつつまれる感覚。

バタン、となにかが閉じる音。真っ暗になる視界。

ちょっと、息苦しいかも……。

「……なに？」

「バカ、うるさい」

ささやくような翔太くんの声が、思ったよりずっと近くから聞こえて、わたしの心臓は跳ねあがった。

――えっ……これ、もしかして……！

「悪い、少しだけだから、黙ってろ」

わたし、翔太くんに抱きしめられて……る⁉

あわわわ、わたしたち、あのロッカーに、ふたりでぎゅうぎゅうづめになってるんだ！

翔太くんがわたしをぎゅって抱きしめてる。

少し痛いくらい力強い。

さっき、翔太くんが言ってたのを思いだした。

――見られてもいいぐらいにはきたえてるけどな、ハダカ。

（なんでよりによって、今それを思いだしたの⁉　わたしのバカー‼）

わたしよりちょっとだけ背が高くて……耳もとで翔太くんの息づかいが聞こえる。

真っ暗でなにも見えないことに、すごく感謝した。

わたし今、ユデダコもメじゃないぐらい、真っ赤になってると思う……。

部屋のなかで、だれかが話しだした。これは教頭先生の声だ。

「――その事件というのは、一昨日の夜のことでしたか？」

「先ほども軽くお話ししましたが……」

これは……警察の人の声かな。

「一昨日の夜中、商店街の宝石店に入った強盗が、このあたりまで逃げてきた可能性があります」

強盗っ⁉

「あちこちで検問をかけたり、捜査員を動員して聞きこみなどを行っているのですが、いまだに犯人は見つからず……警察も全力で捜査にあたります」

「学校のほうも警備を増やして対応いたします」

そのあと教頭先生と警察の人は、職員室へもどっていった。

わたしと翔太くんは、ロッカーのなかからそっとぬけだした。

応接室をでて、廊下のすみっこで息を整える。

わたしは、もう頭も心臓もバクハツ寸前だった。

翔太くんのあたたかさとか、清潔感のある柔軟剤のにおいとか……細い腕に見えるのに、すごく力強かったとか。

そういうのが、頭からぜんぜんはなれないんだ。

わたしが赤くなったりアワアワしている間、翔太くんはとても冷静だった。

「……偶然なのか？　女神像と宝石強盗」

よし、と翔太くんがぱっと顔をあげる。

「明日、このこともみんなに話そうぜ。昼休みにSルームだ、ぜったい遅刻すんなよ！」

さすがに今度は、わたしも呼ばれてるんだろうなってことは、ちゃんとわかった。

――わかったけど……。

「……明日、こわいなあ」

10 ウソツキ

次の日、わたしは意を決して自分のクラスにふみこんだ。

「……おはよう」

だけど「なにを言われるんだろ」ってカクゴしてたわたしは、拍子ぬけしちゃった。

だれもなんにも言いにこなかったから。

（あれ、これだいじょうぶ……っぽい？）

なんて、ほっとして自分の席についたわたしは……。

――すぐに思い知ることになった。

「ルリちゃん、おはよう」

少しはなれた席のルリちゃんに、いつものように挨拶。

シーン……。

あれ、聞こえなかったのかな。

それに、なんだかクラスの雰囲気もちょっとヒヤっとしてる。

「あの、おは……」

「――ねえだれかー、あたし今日さぁ宿題忘れちゃった。見せてー」

ルリちゃんは、わたしの言葉を途中でさえぎって、クラスのみんなに声をかけた。

(なんだろ、この雰囲気……)

ぞっとする。なんだかすごくイヤな感じ……。

「ルリってばまたあ?」

「ごめんってぇ、あ、そうだ、新作のネイル今度貸してあげるからさあ、お願い」

何人かが、ルリちゃんのまわりに集まる。

ほかのみんなも、好きに話しはじめて、いつものクラスの雰囲気になった。

でも、だれもわたしを見なかった。声をかけてもくれない。

……わたしは、わかってしまった。

今――この瞬間から、わたし、クラスのみんなにハブられる……。

ルリちゃんが挨拶を無視したのが、合図だった。
クラスのみんながこう思ってる。
「春内ゆず」はルリちゃんをおこらせた……って。
先生が来てホームルームが始まった。
ふいに視線を感じて、顔をあげた。
机に頬杖をついて、きれいでかわいいルリちゃんの顔が、こっちをじっと見ている。
唇のはしっこだけで笑った。
小学生のときの、シズカちゃんの笑みと同じだ。
ルリちゃんの唇が、ゆっくり動く。

——ウ　ソ　ツ　キ

——『Sクラスとはなんにもないって言ったくせに』って、そういうことだ。
わたしはもう泣きそうだった。

どうして、こんなことになっちゃったんだろう……っ！

居心地の悪い午前中が過ぎて、昼休み。

わたしの足は、自然とSルームにむいた。

すでにみんな集まっていて、わたしにむかって笑いかけてくれる。

……すごくほっとした。ここでは、だいじょうぶって……。

わたしと翔太くんは、昨日聞いた話をみんなに伝えた。

スマートフォンをさわっていたキヨくんが「これだ」と声をあげた。

「強盗のこと、SNSでも話題になってる。すぐそこの商店街の宝石店から、指輪やブレスレットが盗まれたんだ」

SNSは、ツイッターやフェイスブックなんかのこと。

地元のみんなが書きこんだ情報を検索できるんだよ。

キヨくんが、スマートフォンを操作しながら言った。

「この学校の近くで警察の検問もあったみたいだな。かなりキビしくやってたみたいだ。

持ち物や荷物を確認されたって話もあがってる」

レオくんが、イスに背中をあずけて、うーんと伸びをした。

「じゃあその強盗が、宝石店のついでに学校で女神像も盗んだってことか？」

クロトくんが首を横にふった。

「あのトロフィーは、素材からみてもせいぜい二、三万だよ。盗んでもイイことないよ」

「じゃあ盗むためじゃなくて……警察を避けて、学校に逃げこんだ……とか」

レオくんの言葉に、みんな顔を見あわせた。

キヨくんが、ひとさしゆびを立てた。

「――順番に考えよう。仮に強盗が警察から逃げるために、学校に逃げこんだとする」

こういう、状況を整理するとか、推測するっていうとき、キヨくんはすごく頼りになる。

「門は閉まっていたから、たぶんおれたち生徒が使っている、裏のサクの穴を使ったんだ」

そっか、夜中だもんね。

「強盗の手もとには盗んだ宝石。まわりは警察がウロウロしてる。レオ、お前ならどうしたい？」

「おれなら宝石をかくしたいな。それなら、万が一警察に止められても、言いわけできるだろ？」

キヨくんが大きくうなずいた。

「おれもそう思う。だけどなにかをかくせそうな校舎は、どこも閉まっている。でもそのとき見つけたんだよ、その日うちの学校で唯一、なかに入れた場所——」

翔太くんが、「あっ！」と声をあげた。

「……サッカー部の部室だ」

ああっ！　そっか！

あの日の夜、サッカー部の部室は、ガラスが割れてだれでもなかに入れる状態だった！

それにサクの穴から校内に入ったなら、木立をぬければ、部室棟は目の前だもんね。

サッカー部の窓にはすぐ気づいたはず。

翔太くんがガタっとイスから立ちあがった。

「じゃあうちの部室に宝石があんのか⁉」

「いや。一目見てスポーツ系の部室だと気づいたはずだ。普段人の出入りも多いし見つかる確率が高い。おれならかくしたくない。そのかわり、いくつかのものを盗んだんだ」

わたしは、「あっ」と叫んだ。

「テーピングと、スプレー缶と、ヒモと、ゴミ袋！」

「それと女神像な」

レオくんがつけくわえた。

「これらを使って、ぜったい見つからない場所に宝石をかくしたとしたら――」

翔太くんが、イライラしたように地団太をふんだ。

「じらすなよ、キヨ！」

キヨくんは、すっと窓の外に視線をむけた。それから、不思議な質問。

「なあ、宝石強盗が学校のなかにくわしいと思うか？」

翔太くんがまゆをひそめた。

「ンなわけねえだろ。学校にはフツー部外者は入れねえし」

「だよな。学校内のどこなら宝石をかくしても安全なのか、かんたんにわかるはずない。

さがしてる時間もそんなになかっただろうし」

クロトくんが、ひとさしゆびをまげてあごにあてた。考えこむしぐさ。

「だったら、ヒミツの抜け穴からサッカー部の部室までの間か、その付近でかくしたんじゃないかな」

それって、部室棟か、林の草むらぐらいしかないんじゃないの？

「あ……」

声をあげたのは、レオくんだった。

「ある。ああ、なるほど、だから女神像か」

(え、わかったの⁉)

翔太くんとわたしは、同時に身を乗りだした。

レオくんはひとさしゆびを立てて言った。

「池だろ」

池って、あの汚い池のこと……？

「――宝石強盗は盗んだものを、池に沈めたんじゃないかな」

キヨくんとレオくんは、わたしたちにていねいに説明してくれた。

盗んだ宝石を、ゴミ袋に何重にもつつんでテーピングでとめる（水にぬれたらだめな宝石もあるもんね……）

ヒモをゴミ袋につける。池の深さなんてわからないけど、五メートルもヒモがあれば、十分だって、強盗も考えたんじゃないかな。

そしてヒモのもう一方のはしに、空にしたスプレー缶をむすびつける。

「スプレー缶が水に浮くから、目印になるし、ヒモでくくってあるからゴミ袋もひきあげられる。それに、ゴミにまぎれて目立たないしな」

レオくんが教えてくれた。

なるほど、釣りで使う〝浮き〟みたいなことだ……！

「でも女神像は？」

翔太くんが首をかしげた。キヨくんが言った。

「だけど計画通りにはいかなかった。ゴミ袋に空気が入って、うまく沈まなかったんだ」

「――おい、まさか」

翔太くんが、真剣な顔で机に両手をついた。

わたしにも、やっとわかった。

そっか、強盗は……！

「女神像を重しに使ったんだ。宝石の入った袋が、水面に浮きあがってこないように！」

キヨくんの言葉が終わるか終わらないかのうちに――

「――っ冗談じゃねえぞ！」

そう叫んで、翔太くんが教室を飛びだした。

そのあとを追いかけて、わたしたちは、池に走った。

翔太くんはすごく速くて、うっそうとしげる木なんて、なんの障害にもならなかった。

池についたとたん、翔太くんが指さした。

「あれだ！」

そこには、ゴミにまぎれて、小さなスプレー缶が浮いている。

翔太くんはそのまま池に飛びこもうとした。

レオくんとクロトくんがあわてて飛びつく。

「やめろ翔太！」

「うるせえ、早くひきあげるんだ」

「なにが沈んでるかわからないのにあぶないよ。ケガでもしたら、再来週の試合にでられなくなるよ」

それで、翔太くんはちょっと頭が冷えたみたいだった。

一度校舎にもどって、ほうきとか使えそうなものを取って、すぐに池にもどった。

一番使えたのは、キヨくんが持ってきたクマデ。落ち葉なんかをそうじするやつ。

これでスプレー缶をひっかけて、翔太くんとふたりで懸命にひっぱった。

池からズルン、とでてきた、ゴミ袋のかたまり。

そして――……。

翔太くんはユニフォームが汚れるのもかまわずに、「それ」を抱きかかえた。

「見つけた」

ゴミ袋にヒモでくくりつけられていた、女神像だ。

池の底にぶつかったんだろう、キズだらけで、泥でぐちゃぐちゃになっていた。

でも翔太くんは、それをぎゅっと抱きしめた。

「よかった……」

わたしも泣きそうになってしまった。

みんな顔を見あわせて、ほっと笑った。

翔太くんが、女神像を一度そっと地面に置いて——ユニフォームの上をガバっと脱いだ。

(ぎゃあっ！　なんで脱ぐの⁉)

わたしはすごくびっくりして、バっと目をそらした。

……でも、ちょっと見えちゃったんだよね……。

タンクトップがめくれあがって見えた、翔太くんのおなかとかむきだしの二の腕とか
……。

一瞬見ただけでも、きっちりきたえあげられてて……。

あの腕が、昨日わたしをぎゅって抱きしめてくれたのを、思いだした。

顔が、カっと熱くなって、目を伏せた。

あぁぁあ……思いだしちゃだめだって……っ！

翔太くんは、脱いだユニフォームで女神像をそっとつつんで、クロトくんにわたした。

「こいつ、再来週の試合までに、なおしてやれるか？」

クロトくんはにっこり笑った。

それは、いつもみたいな王子様のやわらかな笑顔じゃない。

自信満々のプロのカッコいい笑顔。

「もちろん任せてよ。洗浄して修復する。ぜったいにね」

「……ああ、頼む」

そのやりとりの間、キヨくんとレオくんは、ゴミ袋のなかをあけていた。

レオくんが、ごくりと息をのんだ。

「見ろよ……すごいな」

わたしもそばに寄って、目を見開いた。

ゴミ袋のなかには、宝石がつまっていた。

指輪やブレスレット、ネックレス……。

そのどれもが、キラキラと輝いていて……。

「本物、なんだよね」

わたしはいまさらながらに身ぶるいした。

女神像の事件を追っていたはずなのに——とんでもないことに巻きこまれてない!?

11 わたしだけ、仲間はずれ……

土日をはさんで、月曜日。

クラスにいるのがつらくて、わたしはじりじりとした気持ちで放課後を待った。

放課後、Sルームにはすでに四人がそろっていた。

わたしは、カバンを置くなり質問した。

「あの宝石はどうしたの？　先生にわたした？」

金曜日、キヨくんと翔太くんが持っていったから、きっと先生にわたして警察に通報したんだ、って思ってたんだけど……。

レオくんが首を横にふって言った。

「金曜の夜に、もう一度池に沈めたよ。クロトが用意したダミーの女神像といっしょに」

「ええっ!?　なんで沈めちゃったの!?」

それに……。

（――どうして、そこにわたしも呼んでくれなかったの？）

翔太くんが、ぎゅっとこぶしを握りしめて言った。

「おれは、あの女神像をボロボロにしたヤツを許せない。だから、強盗を捕まえてやる」

キヨくんが、肩をすくめた。

「こうなったら翔太は聞かないからな」

「強盗を捕まえるって、どうやって……」

「宝石を池にもどして、取りにくるのを待つ。ホントなら宝石もダミーにすべきなんだろうけど……万が一おれたちが宝石を持ってるところを、警察に見つかったらヤバイからな」

……だったら素直に通報すればいいのに――！

「だ、だけどそんな都合よく強盗が取りにくるの？」

クロトくんが、ぺらりと一枚の紙を見せてくれた。

「明日の地域新聞にのる記事の、原稿だよ。土日を使って取材を受けたんだ」

わたしはびっくりしてしまった。いつのまに……。

写真は、四人が、あの池の前で肩をくんで笑っているところ。

見出しは『天才美少年チーム「EYE—S」、池そうじでエコアートに挑戦！』

「おれの知り合いの新聞記者に頼んだ。ウェブニュースにもしてもらう」

レオくんが言った。

……さすが、芸能人。

「なに、このチーム『EYE—S』って」

「ひとりでやるよりそれっぽいだろ」

って、翔太くん。

なんで『EYE—S』なんだろう……目？

ちょっと不思議に思ったんだけど、翔太くんは、それ以上答えてくれなかった。

記事は、『学校の古い池をそうじして、でてきたゴミでアートに挑戦する』っていう内容。

『今週の土曜日、そうじを手伝ってくれるオヒメサマ募集！』なんてことも書いてあった。

うーん……オヒメサマってさ……。

わたしがジトっと見上げると、レオくんが苦笑して言った。

「キヨが言ったんだよ。こう言っとけば、女の子たちの口コミも広がるってさ。まあおれはホントに募集中だけど？」

……レオくんの軽口は放っておくとして！

キヨくんの見立ては正しいと思う。

これは、近所の女子が殺到するにちがいない……。

うちの学校だけでも、きっと大さわぎになる。

キヨくんが言った。

「池そうじの日は、今週の土曜日。朝八時からだ」

わたしは、だんだんわかってきた。

池がそうじされると、強盗は困るだろう。だってあの宝石が見つかっちゃうから。

だから、そうじの前に宝石を回収しにくるはず。

待ち伏せして、そこをねらおうってことなんだ。

「だけど、土曜日まで一週間近くもあるよ？　毎日強盗を待つの？」

「それも考えてある」

キヨくんが記事を指さした。

そこには『※』で、ひとことつけくわえてあった。

『――準備として、月曜から金曜まで夜間に業者が入ります。当日の朝五時半までに、撤収予定です。騒音等でご迷惑をおかけいたします』

これじゃあ、土曜日の早朝までは、池には近づけないってことだ！

「これで、強盗にとってチャンスはたった一度にしぼられるわけだ」

翔太くんが、まっすぐな目で言った。

「土曜日の早朝。ぜったいに、宝石強盗がやってくる」

「もし、来なかったら？　だって、強盗が新聞を見てるとは限らないじゃない！」

キヨくんがうなずいた。

「ああ。だけど勝算はある。あっちもこの学校の情報には敏感になってるはずだし――それに、たぶん犯人はこの付近に住んでるか、仕事場があると思うんだ」

わたしはきょとんとしてしまった。

どうしてそんなことがわかるんだろう。

「強盗は、生徒しか知らないはずのヒミツの出入り口から学校に入ったろ」

あっ！

たしかに、外からは植えこみにかくれて、サクの穴は見えないはずなのに！

「あれ、このあたりに住んでるか仕事をしてて、おれたち生徒が出入りするのを見たことがあるんじゃないかと思った」

それなら、強盗がこの記事のこと、見てる可能性も高い。

わたしは、ゴクっとツバを飲みこんだ。

「……わかった。わたしも頑張るよ」

（わたしにも、なにかできるかな……）

そのとき、四人が目を合わせたような気がした。

なに……どうしたの？

翔太くんが、わたしを見てきっぱりと言った。

「ゆず、お前はここまでだ。あとはおれたちでやる」

（……え？）

わたしの頭のなかは、真っ白になった。

「な……んで？」

「足手まといだからな。強盗だぞ。お前、女だし体力もないしな」

……そんな。

ここで仲間はずれなんて……！

なぜだか翔太くんが、ちょっとあせった顔で言った。

「おまっ、ちょっと、泣くなって！」

わたし……泣いてる、んだ……。

そうだよね、わかってたはずだもん。

わたしは平凡で、ホントならSクラスになんて関わるはずのない子なんだ。

そう思ったら、目の前で唇をむすんでいる翔太くんがすごく遠い存在に思えた。

わたしは、四人に背をむけてSルームを飛びだした。

すごくさびしくて、悲しかった……。


次の日の放課後。

ドンヨリした気持ちで帰る準備をしていたわたしは、クスクスという笑い声を聞いた。

顔をあげると、ルリちゃんと取りまきの子が、こっちを見て笑ってる。

心臓が、ぎゅっと縮みあがる。

聞こえるか、聞こえないかぐらいの声。

「春内さんってさ——」

……もう「ゆず」って呼んでくれないんだ……。

「前から思ってたけど、ウザイよね。ジミなくせにムリヤリこっちに合わせようとしてさ、こび売っててんのミエミエだったよね」

「Sクラスにもそうやって、こびたんじゃない？」

――ちがうの、巻きこまれただけなの！

わたしは、とっさにそう言おうとした。

「あのっ……」

ルリちゃんたちは、そっぽをむいて笑った。

「ねえ、なにか聞こえる？」

「さあ、なぁんにも？」

(――っ……もう、だめだ！)

逃げるように教室を飛びだした。

小学校にもどったみたい……。

すごくミジメな気持ちだったし、ヤケになってた。

わたしは、ずっと平穏で平凡がよくて……。わたしの……せいじゃないのに！

投げやりな気持ちのまま、ぽつ、ぽつと校舎にむかって歩いていると、

「ゆず！」

翔太くんに呼びとめられた。

わたしは、とっさに逃げようと背中をむけた。

「おい、逃げんな！　待てって！」

翔太くんは、逃げようとしたわたしの手をつかんだ。

「ちゃんと聞けよ。昨日は……」

「……もう、これ以上巻きこまないで！」

わたしは、翔太くんの手をふりはらった。

「はァ？　どういう意味だよ」

「わたしなんかが、だれかを助けたいって思ったからだめだったの。調子に乗ってるって、思われる！　Sクラスはトクベツだから！」

翔太くんは、ぎゅうっとまゆを寄せた。

すごく、おこっているみたいに見えた。

「……ンだよ、それ」

低い声がして、わたしはビクっとした。涙もひっこんだ。

「見そこなったぞ、ゆず！　Ｓクラスがトクベツ？　巻きこまれた？　調子に乗ってるって思われる？　ンなのどうだっていいだろ」

低い声でおこる翔太くんに、校舎の壁に追いつめられる。

「まわりがお前のことをどう思うかじゃないだろ。お前はなにがしたいんだよ！　――『わたしなんか』って最初っから自分を低く見て、勝手にあきらめてんじゃねえよ！　お前、すごい力持ってるんだろ！」

翔太くんは「クソ」とはきすてて、くるりと背をむけて走っていってしまった。

わたしはボウゼンと立ちすくんでいた。

（――ああ、そっか……）

わたしは、そこでようやく気がついたんだ。

わたしはフツーでいたかった。

空気を読んで、みんなが言う通りにすればいいって思ってた。

でもね……

『自分がホントはどうしたいのか』なんて……考えてこなかったんだ。

12 わたしの決意

金曜日の朝。

翔太くんとケンカしてから、もう三日。

クラスの女子の間では、Sクラスの四人による『エコアート』の話で持ちきりだった。

「土曜日、ぜったい行くよね！」

「あったりまえだよ。だって、Sクラスの四人といっしょにいられるんだよ！」

「なに着ていったらいいんだろ、買いに行かなくちゃ！」

……池そうじだから、動きやすい服じゃないとだめなんじゃないの……？

なんていうツッコミは、どこからもあがらない。

でも、その池そうじのホントの目的は……宝石強盗を捕まえるため、なんだよね。

それは、明日の早朝、決行される――

放課後、校門にむかって歩いていたとき、後ろから呼びとめられた。

「ゆず」

「キヨくん……」

「Sルームに来てくれ、話したいことがある」

キヨくんはそれだけ言って、背をむけて行ってしまった。

わたしは、思わずまわりを確認して……そんな自分に……やっぱりいやになった。

Sルームで、キヨくんは待っていた。

わたしがイスに座るのを待って、きりだした。

「お前さ、翔太とケンカしたんだろ？」

う、やっぱりその話か……。

わたしは、翔太くんとケンカしたときのことを、少しだけキヨくんに話した。

「……わたし、今まで流されるばっかりだったんだなって思ったんだ。だから、どうしたらいいかぜんぜんわかんないの」

自分で言ってて、泣きそうになった。

わたしの話を聞いて、キヨくんは顔をあげた。

「──でもゆずは、あのときおれたちを助けてくれただろ？　巻きこまれたんじゃなくて、自分で決めたんじゃないのか？」

あの、とき……？

「ひったくり事件のとき。あのカバンは、ばあちゃんの大事なものだったんだ。無事にもどってきて、ばあちゃん、ホントにうれしそうだった」

「あれは、とっさに助けなきゃ……って思っただけなんだもん」

自分で決めた、とかじゃ……。

「だけどおれたちは──あのときのこと、ゆずに感謝してる」

ストレートに言われて、わたしはびっくりしてしまった。

「うちの両親は海外で仕事してるから、おれ、ばあちゃんちに住んでるんだ。あの三人の親もすごく忙しい。だから小学生のときから、おれの家で四人まとめて、ばあちゃんに面倒見てもらうことも多かった」

SEISEI

わたしは、なるほどってちょっと納得した。

だから、四人はあんなに仲がいいんだ。

「だからおれたち、ばあちゃんのことが大事なんだ。みんな照れて口にはださないけど、ゆずにはすごく助けられたと思ってる」

わたしは、胸がいっぱいになった。

そっか……わたし、だれかの役に立てたんだ！

「このままじゃ翔太は使い物にならない」

キヨくんは、あきれた顔で言った。

「あれから、『ゆずは来たか？』だの『連絡は？』だの、うるさいんだ。そもそも、『強盗捕獲作戦にゆずを巻きこまないようにしよう』って自分で言ったくせに、ゆずが泣いて一番オロオロしてたのもあいつだしな」

キヨくんは、肩をすくめてイスから立ちあがった。

「おれたちは明日の朝、五時半に学校に集合する。お前は、好きにしろよ」

そう言ってキヨくんは背をむけた。

「ああ、そうだ」

くるりとこっちをふりかえる。

「あの『EYE—S』っていうエコアートのチーム名、つけたの翔太なんだ」

そういえば、翔太くんあのとき、意味教えてくれなかったよね。

「『カメラアイ』の『EYE』から取って、『EYE—S』。ゆずが作戦に参加できなくても、おれたちは仲間だって証拠——そう言ってた」

キヨくんはそれだけ言って、本当に帰ってしまった。

——心臓が高鳴った。

……息がつまるほどうれしかった。

ここ数日、ぼんやりしていた体中に、力がみなぎってくる気がした。

わたしは、仲間なんだ！

きっと、だれかの力になれる……。

この『カメラアイ』で——！

13 犯人を捕まえろ!

土曜日午前五時半。

わたしは、ヒミツの抜け穴を使って、学校のなかにいた。

池のそばを通ると、元の場所にもどされた小さなスプレー缶が見える。

わたしは、後ろからの声に呼びとめられた。

「ゆずちゃん」

ふりかえると、クロトくんが草むらからひょい、と顔をだしていた。

その横にレオくんがいる。

「こっち来い、急げ」

草むらのかげに行くと、キヨくんと……翔太くんもいた。

キヨくんはこっちをむいて、片手をあげて小さくうなずいてくれた。

翔太くんは……。

「……ん」

こっちを見もせずに、だけど、自分の横をあけてくれる。

わたしは、その横に体をまるめてしゃがみこんだ。

「……わたしね、自分で決めてきたよ」

草むらの隙間から、池を見つめながらわたしは言った。

「もしかしたら強盗を捕まえるのに、『カメラアイ』は役に立たないかもしれない。でも、翔太くんたちと、ちゃんと最後まで事件を解決したいから」

翔太くんは、ちらっとだけこっちを見た。

そして、唇のはしっこをちょっと持ちあげるようにして笑った。

これからもしかしたらすごく危険で、こわいことになるかもしれないのに。

ぜったいだいじょうぶ。そういう気持ちになる。

「――そっか、よかった」

翔太くんが、そう言ってくれたからね！

全員でしばらく息を殺してると、ガサ、と草をふむ音がした。

(——来た!)

わたしは、草むらの隙間からそうっとのぞいた。

黒ずくめの、たぶん、男の人。

強盗だ!

翔太くんが、となりでスっと腰を浮かせた。

キヨくんがひきとめる。

「まだだ、あいつが宝石をひきあげてからだ」

その横で、クロトくんがデジカメをかまえている。

そっか……犯人っていう証拠がいるんだもんね。

じれったいぐらいゆっくりと(ってわたしは感じたんだけど、ホントはもっと素早かったのかも)、強盗はゴミ袋をひきあげた。

黒いマスクでかくされた口もとから、くぐもった低い声が聞こえる。

「……トロフィーじゃない？」

重しは、別のものに取りかえてあるんだもんね。

クロトくんのカメラが、強盗の姿をとらえた瞬間。

「てめエ！　宝石強盗だな！」

今か今かと待ちかまえていた翔太くんが、草むらから飛びだした！

レオくんとキヨくんがそのあとに続く！

クロトくんが、カメラをわたしに投げてよこした。

「ゆずちゃんはそれを守ってて！」

わたしは、力強くうなずいた。

翔太くんは、相手が大人の男の人でも、ぜんぜん恐れなかった。

「クソッ、ガキが！」

強盗が腰にしがみついた翔太くんを、思いっきり蹴りあげた。

「うアっ!!」

「翔太くんっ！」

わたしは思わず叫んだ！

翔太くんの体は吹き飛んで、近くの木にぶつかった！

ドスンって、すごい音がした。だいじょうぶ!?

あわててかけ寄ろうとして、草むらから立ちあがって……。

強盗と、目が合った。

「……あ」

ビクっとすくんでしまったわたしに、強盗は目をつけた。

レオくんの叫び声が聞こえる。

「ゆず、逃げろ！」

カメラをかかえたまま逃げようとして、数歩走ったとき。

後ろから、がっしりと捕まえられた！

「やっ、はなして！」

大きな手が腰をギリっとしめつけて、反対の手が肩をつかんだ。

「そいつをはなせ！」

キヨくんが叫んだ。クロトくんがスマートフォンを取りだした。

でも、強盗のほうが早かった。

「動くな、警察に通報したら、コイツがどうなっても知らないぞ」

キヨくんもクロトくんもレオくんも、その場から動けないでいる。

翔太くんは――

わたしは、翔太くんがちょっとだけ体を起こしたのを見た。

「クソ、面倒なガキどもだな！」

「あんた、宝石店に入った強盗だろ」

キヨくんが、冷静に言った。

わたしも、体がすっと冷えて、自分が冷静になるのがわかった。

――だって、翔太くんの瞳を見たから。

……すごいんだよ、燃えるような、意志の強い瞳。

こんなときなのに、体中が心臓になったみたいに、ドキドキした。

翔太くんはまだあきらめてない。

それが、みんなに伝わってるから、みんなも冷静になったんだ。

だから、わたしもわたしにできることをする！

「写真は撮った、もう逃げられないよ」

クロトくんが言った。

「そんな写真とガキの証言だけじゃ、どうにもならねえよ」

たしかに、全身黒ずくめだし、顔もかくしてる。

中肉中背で、どこにでもいそうな感じなんだけど……。

「――それはどうか、わからないよ」

わたしは、強盗に捕まったまま、その腕を強くつかんでそう言った。

「わたし、あなたの正体わかっちゃった」

今は、できるだけこの強盗の気をひきつけて、スキを作らないとっ。

「ふざけたこと言ってんじゃねえぞ！」

「……ゆず！」

翔太くんの声！

だいじょうぶ、その声を聞けば、わたしは頑張れるんだから！

「……っ、クツ、あなたのクツに覚えがある。黒に緑のラインのスニーカー、使い古されてちょっとめくれあがってる、つま先」


キュイイイイイン！


わたしのなかでは、もうすでに、『カメラアイ』の力が動いている！

次々とダイブして、かたっぱしから思いあたる記憶をひっぱりだしているんだ！

「う、腕の時計もちゃんと覚えてるよ。オレンジのベルト」

ほかの人なら、見落としてしまうことを——わたしは覚えてる！

「——あなた、パン屋さんのアルバイトだよね」

強盗が、ギクっと体をふるわせたのがわかった。

学校の前のパン屋さん。アルバイトの男の人だ。

事件のあった夜に、パン屋さんの片づけをしていたのを、わたし見たんだよね。

クツも時計も、あのときとぜんぶいっしょ！

「さっき翔太くんを蹴ったとき、クツ底に赤いシールが貼りついてるのも見たよ。あれって、パン屋さんの値引きシールだ。赤と黄色、いつもセールで使ってる、同じやつ！」

「てめエ、なんでそんなことといちいちぜんぶ覚えてンだ！」

わたしは、ぎゅっとこぶしを握りしめた。

「わたし――ぜんぶ覚えてるんだよ！」

強盗は、すごく動揺していた。

「――クソッ！」

そのスキを、みんなは見逃さなかった。

レオくんとクロトくんが、こっちにかけ寄ってくる。

わたしは強盗の腕からぬけだそうと、一生懸命もがいた。

「てめエ！」

強盗の目が、わたしたちに集中した瞬間――！

「ゆずをはなしやがれぇぇぇえええ！」

翔太くんが、叫びながら地面を蹴った。

低い姿勢のまま、弾丸のようにつっこんでくる。

強盗がわたしを盾にしようとするけど――

翔太くんのほうが、速かった！

低い姿勢のままで、ふみきって、跳んだ！

翔太くんはきれいに宙をかけて、強盗の顔面に、クツをたたきこんだんだ！

「ぐっふぅっ……」

強盗の腕が緩んで、わたしは一瞬宙に浮いた。

落ちるっ……！

「――よっと」

痛いのを覚悟してたら、腰にあったかい手がまわった。

「だいじょうぶか、ゆず」

見上げた先に、翔太くんがいた。

わたしを受けとめてくれたんだ……！

ドサっとたおれた強盗の上に、クロトくんとキヨくんがのしかかった。

レオくんが、草むらのなかにかくしておいたヒモを持って走ってくる。

「これでしばれ、早く！」

「警察を呼ぶぞ」

強盗をしばって、キヨくんが警察に電話をかけている間、わたしたちは強盗の顔を見て、ちょっと笑ってしまった。

だって翔太くんのクツの跡が、クッキリハッキリのこってたんだもん。

遠くからサイレンの音が聞こえる。

きっと、これから大さわぎだ。

キヨくんが、みんなをぐるりと見まわして言った。

「これから、最後の作戦を伝える。警察に聞かれたらこう言うんだぞ」

わたしたちは、真剣に顔を見あわせた。

14 わたしたち、仲間なんです！

警察が来て、学校は大騒動になった。

警察の人たちからたくさん質問を受けたけど、わたしたちは、こう言いつづけた。

「クロトくんがエコアートのために、早朝の池の写真を撮りたいと言うので、みんなで集合しました。そのときに怪しい男の人がいたので、写真を撮って逃げようとしたら見つかって、もみあっているうちに、翔太くんが強盗の顔面を蹴って捕まえました」

わたしたちが、実は宝石を一度ひきあげていたってことはヒミツ。

（……だって、なんで通報しなかったんだっておこられそうだもんね……）

犯人は、やっぱりパン屋のアルバイトの男の人だった。

キヨくんの想像通り、学校裏のヒミツの抜け穴から生徒が出入りするのを見ていて、場所を知ってたみたい。

あとはこっちの作戦通り、池そうじにおびき寄せられてきた、ってワケ。

犯人も宝石も、無事警察にひきとられていった。

わたしたちは、先生にめちゃくちゃおこられた。

だけど、先生はちょっと不思議そうな顔をしてた。

「――Sクラスの四人が元々仲がいいのは知っていたが、春内、お前はなんでいっしょにいたんだ？」

実は、キヨくんは先生のこの質問も、想定してくれていた。

警察が来るまでの間に、こう言えばいいよ、って教えてくれてたんだ。

『ゆずは、「美化委員ということで、おれたちにムリヤリ巻きこまれた」って言うんだぞ』

ほかのみんなも、うなずいてくれていた。

でもわたしは、その作戦に従わないことに決めていた。

わたしは、先生にむかってちょっとだけ胸を張った。

「わたしは、みんなと仲間なんです」

キヨくんは、「あーあ」って感じで頭をかかえてたけど、クロトくんとレオくんは顔を

SEISEI

見あわせてちょっとクスってしてた。

そして翔太くんは――

「よく言ったぞ、ゆず！」

わたしに飛びついて、肩をガシっとくんできた！

「うわあっ！」

びっくりしたなあ……もう。だけど、今はそれが、すごくうれしいんだ！

先生は訳がわからない、と首をかしげていたけれど、わたしたちはくすくすと笑いあうだけだった。


エコアートのイベントは、結局中止になっちゃった。

池で、警察の現場検証っていうのがあるんだって。

そのかわり、翔太くんたちはサッカー部のセンパイにお願いをして、明日の試合のための練習を公開してくれた。

キャアアアって盛りあがる女の子たちのなかに、ルリちゃんもいる。

事件のことは聞いてるみたいで、わたしをチラって見て、すぐにそっぽをむいてしまった。


そして、月曜日。

今日も無視されるんだろうな、って思いながら教室に入ったとたん。

なんとなく、クラスの雰囲気がちがっているのに気づいた。

「ねえ、春内さん。あのSクラスと仲間ってホントなの？」

えっ⁉ あー……。

わたしは、どう答えようか迷ったけど、ちょっとだけうなずいた。

「うん、ホントだよ」

まわりがザワめいた。

「じゃあ、あの『EYE―S』のメンバーなんだ」

その名前、けっこう浸透してるんだなあ……。

わたしは、ちょっとドキドキしながらうなずいた。

そのとき背中がひやり、とした。

「――ナニソレ」

ルリちゃんが、腰に手をあててわたしの前に立っている。

前はすっごくこわかったけど、今は……頑張れる気がするんだ。

「どうせ、またSクラスにこびたんでしょ？」

「ちがうよ。自分で決めて、自分で入ったの。わたしにも役に立てることがあるから」

そこで、またクラスがザワっとなる。

そうだよねえ、ルリちゃんに面とむかって立ちむかうなんて、たぶんわたしが初めて、だろうから。

このルリちゃんに立ちむかったことが、いい方向に行ったこともあった。

ルリちゃんとあんまり関わりのないグループの子から、声をかけられるようになったんだ。

大人しいグループだけど、新しい友だちになれるかもしれない！

ルリちゃんとは冷戦状態だけど……。でも、小学校のときよりはずっと今のほうがいいって、思えるよ。

そして、放課後。

っていうかチーム『EYE―S』の仲間って言ったけど、エコアートの企画は流れちゃったから、これで解散なんじゃゃ……？

なんて、ちょっとさびしく思っていたときだ。

ガラっと教室のドアがあいた。

「おいこら、ゆず！」

ケンカ腰で飛びこんできたのは――翔太くんだ。

ルリちゃんの視線が痛い。またコレか……ちょっと慣れてきてる自分がこわいよ。

「お前なんで昨日の試合来なかったんだよ！」

「へ、試合？」

「おれの試合だよ、サッカーの！」

あ、そういえば昨日だった。

ほかの学校の女の子たちも含めて、すごい応援だったみたい。

「うわさで聞いたよ、勝ったんだよね、おめでとう！」

「ちっげぇ、そうじゃねえよ！　応援しにこいっつってんの！」

わたしから、またカバンをひったくると、翔太くんはずんずんと先に立って歩きはじめた。

……カバンを人質にしなくたって、もう逃げないよ。

「お前、マジでもったいないことしたよな」

翔太くんがむすっと唇を尖らせた。

「おれ、三ゴールも決めたんだぜ。うち一回は、センターラインからドリブルで持っていって単独シュート！　すっげェカッコよかったのになあー」

「自分で言っちゃうの、それ？」

「ったりまえだろー。サッカーしてるおれは、めちゃくちゃカッコいいんだよ」

自信満々に言っちゃう翔太くん。でも、ホントのこと。

大好きなサッカーのことを話してるときのキラキラした顔を見てたら、すぐわかるよ。

その笑顔を見てると、すごくドキドキする。

ちょっとだけわかるのは……

この気持ちはきっとトクベツだってこと。

って考えてる間に、廊下の先にキヨくんとクロトくん、レオくんが待ってくれていた。

翔太くんが、わたしの背中をたたいて言った。

「せっかくチームを作ったのに、このまま解散ってのはもったいなくねえ？」

わたしは、ドキドキと高揚するのを感じた。

「思うっ！　すごく思う！」

「だよな。キヨが街はずれの寺の事件のうわさを拾ってきた。やるだろ、ゆず」

それって――チーム『ＥＹＥ―Ｓ』は解散じゃないってことだよね！

わたしはいきおいこんでうなずいた。

「じゃあ、手がかりを見つけよう！　だいじょうぶだよ」

翔太くんが、こっちをむいて笑ってくれる。

「――わたしが、ぜんぶ覚えてるんだから！」

あとがき

こんにちは！　相川真です。

キラキラ四人組と、ふりまわされるゆずの話は、どうでしたか？

担当さんに「カッコいい男の子をいっぱい書きたいです！」と言いながら、お話を考えていました。

その結果、キラキラしたイケメンがいっぱいでてくるお話になりました。

わーい、ほんまにめっちゃ楽しいねんて（わたしは関西人です。笑）。

四人の男の子のうち、みんなはだれが一番好きですか？

よかったら、教えてくれるとうれしいです！

もちろんわたしは、ゆずを含めて、五人ともめっちゃ大好きですっ！

このお話にはよく「カッコいい」って言葉がでてきます。これって、顔がカッコいいってこともちろんだけど、それだけじゃなくて、一生懸命に頑張ってたり、つっ走ってたりするから、キラキラして見えるんだなって思うんです。もちろん、男の子も女の子も関係なく！

だから「わたしも『EYE―S』みたいに、こんなこと一生懸命頑張ってる！」っていう、「わたしもイケメンエピソード」があればぜひ教えてください！

翔太もレオもクロトもキヨも、そしてゆずも。もっとキラキラ輝けるように、これからも応援してくれると、すごくうれしいです！

そして、そんなキラキラな五人を、イラスト担当の立樹先生が、めいっぱいステキに描いてくれました！　本当にありがとうございます！　めちゃくちゃうれしいです！

では、またみんなに会えることを祈って！

相川　真

※相川真先生へのお手紙はこちらに送ってください。
〒101―8050 東京都千代田区一ツ橋2―5―10 集英社みらい文庫編集部 相川真先生係

あとがき
優勝
祝！
「勝利の女神像」奪還!!!
個性ゆたかな「EYE-S」の5人、
わくわく きゅんきゅん 描かせていただきました♡
イラスト担当させていただきました!
立樹まや

集英社みらい文庫

青星学園(せいせいがくえん)★チームEYE-S(アイズ)の事件(じけん)ノート

～勝利(しょうり)の女神(めがみ)は忘(わす)れない～

相川 真(あいかわ しん) 作

立樹まや(たちき) 絵

ファンレターのあて先

〒101-8050 東京都千代田区一ツ橋2-5-10 集英社みらい文庫編集部

いただいたお便りは編集部から先生におわたしいたします。

2017年 12月27日 第1刷発行

2019年 2月20日 第6刷発行

発行者	北畠輝幸
発行所	株式会社 集英社 〒101-8050 東京都千代田区一ツ橋2-5-10 電話 編集部 03-3230-6246 読者係 03-3230-6080 販売部 03-3230-6393(書店専用) http://miraibunko.jp
装丁	+++ 野田由美子 中島由佳理
印刷	大日本印刷株式会社 凸版印刷株式会社
製本	大日本印刷株式会社

ISBN978-4-08-321411-0 C8293 N.D.C.913 184P 18cm

からのお知らせ

人気シリーズ大集合！

5分でドキドキ！

超胸キュンな話

ドキドキがとまらない♥
大人気シリーズの書き下ろしスピンオフなどが読める！

『青星学園★チームEYE-Sの事件ノート』

『この声とどけ！』

『渚くんをお兄ちゃんとは呼ばない』

『きみとわたしの30センチ』

夜野せせり・相川 真・神戸遥真・野々村花・作
森乃なっぱ・立樹まや・木乃ひのき・姫川恵梨・絵

集英社みらい文庫

収録作品

『渚くんをお兄ちゃんとは呼ばない』
モテ男子とドキドキ同居生活!!　いっしょに買い物に行って…!?

『青星学園★チームEYE-Sの事件ノート』
平凡に生きたいゆず。キラキラの男の子４人と事件に巻きこまれ!?

『この声とどけ！』
放送部の先パイに片想い中のヒナ。部活のアクシデントで急接近!?

『きみとわたしの30センチ』
背の低いユリが、席がえで高身長男子のとなりになって…？

この声とどけ！

放送部にひびく不協和音!?

神戸遥真・作

木乃ひのき・絵

「ヒナちゃんと、つきあってるんだ」

その場しのぎのウソが、放送部に波乱を呼ぶ――!?

人気上昇中↑↑放送部を舞台におくる部活ラブ★ストーリー!!

第1・2弾 大好評 発売中!!

自分に自信のない中1のヒナ。入学式の日にぐうぜん出会ったイケメンの五十嵐先パイに誘われて、放送部に入ることに。憧れの五十嵐先パイに自分を見てもらうために、まずはこのドジ・キャラを捨てよう！　とヒナは部活を頑張るけれど、放送部にはクセのある男子がいっぱいで……!?

「この声とどけ！ 恋がはじまる放送室★」

「この声とどけ！ 放送部にひびく不協和音!?」

速報!!

「この声とどけ！」第3弾は…

商店街の夏祭りで司会をやることになった放送部。夏休みも五十嵐先パイに会える！　とウキウキしていたヒナだけど、五十嵐先パイの弟・ルイが打ち明けた重大なヒミツが原因で、ヒナの様子が一変!?　おまけに恋のライバルもあらわれて……!?

2019年2月22日(金)発売予定!!　お楽しみに★

「みらい文庫」読者のみなさんへ

言葉を学ぶ、感性を磨く、創造力を育む……、読書は「人間力」を高めるために欠かせません。
たった一枚のページをめくる向こう側に、未知の世界、ドキドキのみらいが無限に広がっている。
これこそが「本」だけが持っているパワーです。

学校の朝の読書に、休み時間に、放課後に……。いつでも、どこでも、すぐに続きを読みたくなるような、魅力に溢れる本をたくさん揃えていきたい。読書がくれる、心がきらきらしたり胸がきゅんとする瞬間を体験してほしい、楽しんでほしい。みらいの日本、そして世界を担うみなさんが、やがて大人になった時、「読書の魅力を初めて知った本」「自分のおこづかいで初めて買った一冊」と思い出してくれるような作品を一所懸命、大切に創っていきたい。

そんないっぱいの想いを込めながら、作家の先生方と一緒に、私たちは素敵な本作りを続けていきます。「みらい文庫」は、無限の宇宙に浮かぶ星のように、夢をたたえ輝きながら、次々と新しく生まれ続けます。

本を持つ、その手の中に、ドキドキするみらい——。

本の宇宙から、自分だけの健やかな空想力を育て、〝みらいの星〟をたくさん見つけてください。
そして、大切なこと、大切な人をきちんと守る、強くて、やさしい大人になってくれることを心から願っています。

集英社みらい文庫編集部

2011年　春